從南極到北極

70歲前不容錯過的旅遊景點

袁大衛　著

作者序

現今到世界各地旅遊不是一件難事，但要選擇一些特別的景點，與及嘗試從一個不一樣的角度來欣賞這些地方，卻是要考點功夫和要動一下腦筋。

我喜愛寫下旅遊的樂趣與別人分享，尤其是會揀選那些令我心靈激動的地方，因為我有個信念：如果那地方連觸及我心絃的魅力都沒有的話，那又何來令別人也有感動呢？

要旅遊行程成功，地圖和北斗 /GPS 導航是不可或缺的工具。同樣，人生在旅途上也需要一個可靠的人生指南，這才不致迷途。《聖經》是一本經得起時間考驗的奇書，這是一本實用的生命手冊，而且更是一本無與倫比的人生秘笈。如此好書，我願意將書內其中一些雋語，放在每一篇文章的末段，希望每位在人生旅途中的過客，在讀過這些金句後，都能滿足地找到人生正確之目的地。

感謝《信報》過往在〈品味旅遊 · 寰宇遊蹤〉版將拙作刊出，讓我能在報章中和讀者精神相會，並與他們分享世界各地的見聞，盡享逍遙人生的快樂。

我感謝我太太賀蘭，她是我一直以來夢寐以求的旅途伴侶，感謝上帝，祂讓我最終夢想成真。太太是我隨團模特兒、攝影助理、駕駛導航員、貼身護士，且更是個樂意傾聽我感想的好團友。

最後，我要感謝上帝賜我們有健康往外地見識，每個旅程祂都安排了最合適的天氣，陽光好像常常跟隨著我們，多次行程都有喜出望外的收穫，並且全數讓我們留下愉快感恩的回憶。

2023年8月香港

目錄

※ 在每篇文章末段所附加的「人生雋語」，皆節錄自《聖經》

01

今晚夜
里約熱內盧
嘉年華

全世界慕名而至的人和快樂追尋者，今夜都聚集在一起，大家只有一個理想，都只有一個意念，那就是，今晚要盡情！

嘉年華的熾熱氣氛

里約熱內盧街景

南美土著與大羊駝

今年有機會參加旅行團遊覽南美四國，一年一度全世界聚焦的巴西里約熱內盧嘉年華是全個旅程的重頭戲，每年全城上下都會盡情狂歡來慶祝，我們全團的團友都懷著極度興奮的心情去期待此夜的來臨。

全城沸騰連續數天的嘉年華壓軸表演，是排在今年的二月二十五日晚上舉行，當天下午我們的行程編排中有數小時的午睡時段，好使大家能預備充足，有精神在晚上作通宵觀賞。但我們卻受不住酒店外面聞名於世的 Copacabana Beach 的引誘，而放棄午睡的機會，跑到沙灘上享受了一整個下午，才歸大隊共赴舉世著名的的嘉年華。

我們一行四十人，大多數團友均已退休。在旅遊巴士上大家都重拾褪了色的青春，穿上大會供給的美麗紅粉彩T-袖，興高彩烈地忘形歡呼，氣氛直升至沸點。大會約在晚上九時開始，先是煙花綻放，繼而得獎隊伍便輪次出場。每年的嘉年華都會在復活節前六個星期舉行，因為市民都希望在此齋戒期開始前，有一段歡樂時刻，大家可以盡情的吃喝，到齋戒期開始後，便要修心養性了。

今年得獎的巡遊隊伍有六隊，依名次出場，冠軍隊當然是壓軸表演啦。原來得獎非易事，要在數百隊中有特出的主題，鮮明的舞衣，精彩的舞蹈，優異的原創音樂，以及要有吸引人和生動變化的巨型花車，才可有望奪標。每隊均為一個舞蹈學校所組成，但那其實是一個社區的組織，若那年得獎，其學校名聲必然加增。

每隊人數一定不可少於若干數目 ，約為四千人一隊的巡遊，從第一人踏進場館至最後一人離開會場的時間是八十分鐘。時間掌握不好的便被判不合格，所以每隊均有負責指揮的隊目。若有舞蹈員跳得太熱情而逗留過久，那些隊目便如狼似虎的拉著他們往前走，我們看到也有些不忍。

舞蹈領隊

舞衣襯托下的鳳凰

彩色的城市

每隊帶頭的都是一個女隊員，她穿著華麗隆重的及地舞衣，手執舞蹈學校的大旗，一面美妙地旋轉著身軀，一面將全隊引領出場。跟隨著她的，便是數位穿著得花枝招展的森巴女郎，她們披上誘人的舞衣，被華麗羽毛襯托得像鳳凰般的美麗。她們熱情奔放，體力澎湃，因我們坐在貴賓席，她們都盡情地在我們面前施出渾身解數，配合著振耳欲聾的原創森巴音樂，來回不停的舞動著軀體。觀眾們都狂熱地呼叫，渾然投入地擺著雙手，扭著臀。若曾臨場參觀過香港七人欖球賽，便一定見識過南面看臺觀眾的狂熱。

在里約熱內盧這邊廂的情況更加變本加厲，全世界慕名而至的人和快樂追尋者，今夜都聚集在一起，大家只有一個理想，都只有一個意念，

那就是，今晚要盡情！

森巴女郎全情投入嘉年華熱潮

冠軍隊伍

精心設計的花車

每隊都擁有八至十輛巨型花車，每一個車身比一輛貨櫃車還要長得多。與其說是一輛花車，不如視它為一座流動舞臺，其佈置設計極具心思，華麗不在話下，更令人著迷的是車上滿佈著活動的機械臂，旋轉的舞臺，巨型栩栩如生的動物。一層一層的表演臺都配合著一個總主題，有戒毒啦，有記念黑人祖先被賣到巴西作奴隸的悲慘故事等。

六隊中最令我難忘的是獲得第三名的隊伍，他們的花車千變萬化，在車中央最先是佈置著一株古樹，旁邊放滿著與人等高的長草，在草叢中不斷的有動物和土人現身跳舞。忽然間，古樹旁的枯枝突然變身將古樹圍起來，一隻巨型的犀牛就立現在眼前，其變化之巧妙，真令人嘆為觀止。

最後，獲得第一名的隊伍排在壓軸出場，他們一出場，全場的目光都被吸引著。隊員都把玩著一環一環的金屬圈，一會兒把自己全身包起來，但一剎那間又將金屬圈變來變去，像一條蟲啦，像一個彈弓人啦，手腳都可作無限的伸展。千變萬化和意想不到的造型，配合著隨之而來的花車，車上坐滿著密麻麻的黃衣人，眼球燈泡的大，手中把玩著同一樣的金屬圈。百多個這樣的天外來客坐在上下不停升降的搖板上，看得觀眾目定口呆。

在尾隨的花車上又看到一個高塔，上面滿佈著一隻隻的大白鳥，牠們的翅膀不停地揮動。仔細一看，原來白鳥都是人扮的，他們全程都俯身在塔上，只讓上身露出。他們可辛苦極了，但得益的都是觀眾。這可不可說是將我們的快樂建築在別人的「痛苦」上呢？這隊得以奪標是有道理的，題材新穎，表演變化多端，服裝和舞蹈都與眾不同。

花車女郎

晚九朝六撐通宵

整個嘉年華就是這麼誘人，但可惜的是表演所佔的時間實在充滿挑戰性。原因何在呢？從開幕的煙花綻放至冠軍隊伍表演完畢，時間約從晚上九時至翌日早上六時。整整九個小時的節目，雖有午睡來作準備，但等閒人可沒有這份體力，從開始直撐至完場。

華麗的舞衣

腦袋告訴自己好戲一定在後頭，但身體和神志卻不聽指揮，那又如何是好呢？我們不少團友都在中途打退堂鼓，有的在零晨一時走，有的捱至三時。最後留下欣賞盛會至壓軸的只有五個人。導遊不斷「善意」地提點我們下一輪接送車會在何時開出。我看見他的眼睛已成嘉菲貓的近親，但他實在不幸，遇到我和太太這兩個嘉年華發燒友。散場後天際已漸露彩陽，那時我的身體才感到有點支持不住，還不是嗎，整夜盡情地欣賞著世界級的一大盛事、充滿著Hong Kong Ruby Seven球迷般狂熱搖擺的投入、還不計拿著長火短火全程的捕捉珍貴鏡頭。回到酒店，再豐富的自助早餐也敵不過房間的高床軟枕了。

巴西足球舞蹈隊

花車千變萬化

沙灘另類小販

人生雋語：
我倚靠祢的慈愛，我的心因祢的救恩快樂。
我要向耶和華歌唱，因祂用厚恩待我。
(詩篇13：5, 6)

最佳季節

暢遊南美多數是南半球的夏季，里約熱內盧嘉年華日期，跟大會決定，是每年二、三月之間。

旅遊小提示

- 嘉年華開始前的午睡非常重要，否則不能支撐到最後看冠軍隊的表演。
- 在看台「握手位」能拍攝到舞蹈員的大特寫鏡頭，但在看台高一點的位置拍攝，也很重要，可以拍攝到整台花車的壯大場面。

02

埃及古廟迷離夜

埃及歷史悠長，文物多如恆河沙數，在芸芸古建築物中，位於尼羅河的菲萊廟(Temple of Philae)，自古以來便是宗教的橋頭堡，帝皇權力的把手杖，近代探索埃及的必選地。

晚上聲光匯演，神秘莫測

尼羅河上風帆 Felucca

小艇慢慢的駛近碼頭，眾人都屏息靜氣，在漆黑的夜空下，詫異地凝望著島上塔樓所反射出來耀眼的數道黃光。被詩人形容為埃及最具羅曼蒂克氣氛的菲萊廟夜景就在咫尺，一片霧幔由遠飄近，看像是要向我們啟示，一些不可預知的事情將要發生。

宗教聖地

極具規模的菲萊廟最初在公元前三世紀由托勒密二世(Ptolemy II)所建，它位於尼羅河的菲萊島上，主要是供奉埃及女神伊西斯(Isis)。當年島上有著繁忙的象牙買賣，且相傳這是神祇奧西里斯(Osiris)長眠之地，因著是宗教聖地並輔以經濟的動力，致令此島的知名度日益提高。它地處古埃及王國南端勢力所及之處，所以它的名字菲萊是「盡頭」或「在遠方」之意。

埃及賣衣商人

尼羅河遊輪

遊輪上消暑池

尼羅河遊輪賓客盡歡

埃及長久以來都是以農立國，尼羅河流域一帶河水不時泛濫，水位退後，泥土肥沃，很適宜農作物生長，但河水泛濫也為埃及帶來很多煩惱。有見及此，埃及政府需要在尼羅河興建水壩以調控河水。可是，在水利得到控制後，富有歷史價值的古蹟卻當災了。

尼羅河遊輪船員的藝術創作

當低壩在1902年建成後，每年六個月的汛期，河水半浸著菲萊島上精雕細琢的伊西斯廟宇，遊客在這期間只能乘著船，游曳在巨柱羣中來欣賞古蹟。但好景不常，當主壩在1971年落成後，這僅有的參觀機會也幻滅了，因為水位已無情地把整套古建築淹沒。幸好，在聯合國教科文組織(UNESCO)的協調下，一組組的專家隊伍聯手合作，先在古蹟週邊築起一道圍堰，然後把水抽乾，跟著使用攝影測量法，把分拆成四萬多塊的石塊建築組件逐一歸檔，記下它們的位置及互相距離，配上標籤，然後有條不紊地將它們移至附近高於水位的阿吉基亞島上，並準確地將每塊切割下來的石塊重建還原。

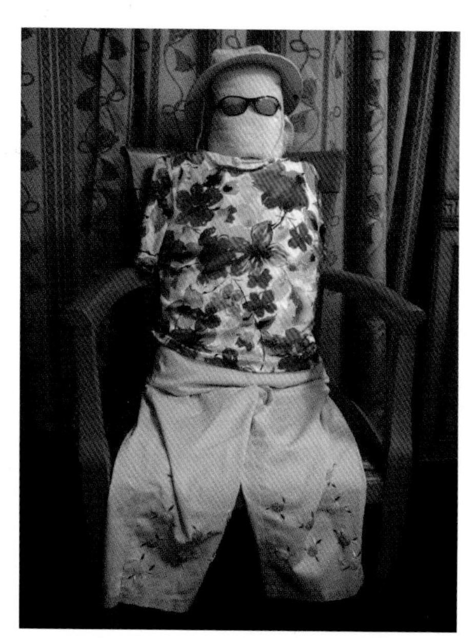

尼羅河遊輪上，船員給乘客的一個驚訝：瞞著乘客拿他們衣物砌成假人放在房內。

搬遷過程極為複雜，因著專家們的努力，在歷時九年之後，全球的遊客和文物愛好者今天才可以有機會重睹昔日悠遠文化的一鱗半爪。

禁錮了數千年的浮雕男女

茂密的棕櫚樹影在黑夜霧中搖曳著，前來尋幽索秘的遊客們魚貫踏足島上。在遠處隱約傳來雷雨的音響，但當中又好像夾雜著鼎沸的人聲，今夜的聲光滙演，會否為大家帶來驚喜？

法老雕塑

神秘的柱廊

廟內佈局深邃，迂迴曲折

尼羅河畔的文化遺產

在暗淡的星光下，左面有一光點，我和太太擅自離開了大隊，慢慢移向那邊。行近了，這是一條長長的走廊，長廊一邊是一排高聳的遠古石柱，另一邊是鋪著青苔的高牆，在暗黃色的泛光燈照射下，仔細一看，原來石牆上都刻有精美細緻的淺浮雕，其中包括不少主要的埃及神祇和象型文字。一面前行，一面細看，在時間巨輪下凝聚而成的柱廊中漫步，物換星移，前面好像沒有盡頭一樣。

猛然醒覺，除我倆外，四野無人，冰冷的海風鑽過牆孔颼進來，石牆上被禁錮了二千多年的浮雕男女，在霧中暗光下蠢蠢欲動。突然間，我感覺到膊頭被輕拂了一下，我的心跳得幾乎從口中掉了出來。回頭一看，原來是一位穿著埃及傳統白袍的工作人員，他友善地示意我要繼續往前行。我倒揪一口氣，盡量抑制體內洶湧而出的腎上腺素，使勁地將跳到口中的心臟放回原位。有效率的他，在我們每行經一盞射燈後，便立時將那燈熄掉，後面站滿石中眾生的柱廊立時間變得幽暗莫測。

陰森的廟內走廊

牆上滿佈淺浮雕和象形文字

緊貼在那位工作人員的背後，我們來到聲光滙演的塔樓前，在星光之下，那裏早已佈滿了黑麻麻的人影。塔樓是進入伊西斯廟前的主建築，約有七、八層樓高，牆身鑿有巨大的凹浮雕，泛光燈替牆身穿上暖黃的衣飾。在射燈採用低角度的照耀下，浮雕的線條清楚的在背景上突顯了出來。一輪彩紙飛舞般的光芒，在秘異的音響襯托下，數千年前的法老發出無限威嚴的聲音，昭示天下自己國度的輝煌歲月。皇后細訴著宮廷內鬥的悲劇，埃及的眾多神祇也各自表述自己的故事。到最後，旁述將整座古廟羣的歷史和近代搬遷的艱辛事蹟逐一娓娓道來。

懷舊的黃光、歲月留痕的塔樓和遠古的雕像，兀立在墨黑的穹蒼下。無論喜歡和不喜歡歷史的觀眾，今晚夜全都極盡視聽的震撼。

日暮尼羅河畔，寧謐中透著詩意

最佳季節

阿斯旺屬沙漠氣候，
極其乾燥，
夏天平均溫度40°C，
冬天平均溫度23°C

旅遊小提示

- 阿斯旺(Aswan)碼頭有船前往菲萊廟。
- 菲萊廟非常值得日間參觀，但夜間參觀可讓你有尋幽索秘的氛圍收穫。

人生雋語：
耶穌說：「復活在我，生命也在我！信我的人，雖然死了，也必復活。」(約翰福音11：25)

03

全球最佳島嶼 馬德拉羣島

馬德拉羣島是葡萄牙在大西洋的屬土，距離里斯本西南約870公里，在非洲摩洛哥西面約570公里。她是葡萄牙的一個自治區，最大島嶼是馬德拉(Madeira)，首都是豐沙爾(Funchal)，其葡語發音似粵語的「豐收」。近年，馬德拉在世界旅遊舞臺上漸露頭角，繼2013和2014連續兩年 World Travel Awards 選為「歐洲最佳島嶼」後，她於2015年更奪得「全球最佳島嶼」的榮銜。

著名酒店前的葡萄牙藍彩瓷磚畫

趁著皇后郵輪船隊慶祝成立175週年紀念，正好乘搭她的旗艦瑪麗皇后二號郵輪(QM2)從英國修威頓直航來一睹這顆新鮮出爐的旅遊新星。

羣島在十五世紀前名不經傳，但在「大航海時代」發起人葡萄牙亨利王子的倡導下，他的船隊在1418年到達此羣島，將其納入葡國版圖內，並命名為Madeira(意即：木)。因地處亞熱帶地區，島上適合種植多種農作物，例如：香蕉、甘蔗、木材和香料等，並且地理位置適中，此島成為駛往美洲、非洲和繞渡好望角等地船隻之中途補給站；加上氣候溫和，在十九世紀時，歐洲的醫生推介此島為療養心臟病、呼吸疾病及精神緊張的理想地點。

令人難以忘懷的馬德拉

小城聖誕裝飾

待修的船隊

酷極滑山橇

如計劃在一日內遊畢島上衆多景點，乘坐計程車是最佳的選擇。全島旅遊熱點之一，被CNN評為「世界七大酷極旅程」(One of the world’s 7 coolest commutes)的馬德拉滑山橇，是有著百多年的歷史，用來運載蒙特(Monte)山上居民往海邊都城豐沙爾的一種快速和簡單的交通工具。(筆者按：我們香港中區800米世界最長的室外有蓋自動電梯，也是名列此七大之內)。

滑山橇(Toboggan)：被CNN選為全世界七大最cool的交通工具之一

滑山橇預備出發

風馳電掣落山

整段下山通道長達兩公里，部分路面蓋上鵝卵石，居民乘坐用柳條製成的滑山橇(Toboggan)下山，此橇似一個籃子，下面有兩條木條乘托，前面有兩條長繩由車夫控制。兩名壯男，像威尼斯貢都拿船穿著制服出衆的型仔船夫，同樣穿著整齊制服，頭戴白草帽，上面印著“Madeira”字樣，身穿白襯衣，另配深灰外套，下身着潔白長褲，腳上踏著一雙膠底短靴，這雙短靴是車夫在下山時的刹車器，而且也是他們表演絕技的「暗器」。

滑山橇在車夫控制下，在民房叢中彎彎曲曲的小徑中左穿右插，間中與路面汽車爭路，車夫或突然大玩漂移絕技，像要把滑山橇撞向窄窄路旁的矮牆，只在最後千均一髮時將乘客駛離險地，刺激度接近十分，加上靚仔車夫在飛馳中說的笑話，客人是不會忘記這段兩公里的下山歷險。

司機把我們帶到離「豐收」市不遠的小漁村 Camara de Lobos (意即：海獅之室)，從前有很多海獅以這海灣為家，但後來人們密集聚居，牠們也只好另覓居所。時近聖誕，小城風光，村內街道滿佈人造花海，節日氣氛熾熱。此灣泊著不少彩色斑斕的小漁船，在船叢中間亦找到一些破爛待修的，但這並沒有破壞整體恬靜漁村獨特的景色，反之是加上了一些缺憾美，並在規律中找到不規律的元素，難怪當年英國首相邱吉爾也在這裏渡假及以此漁村入畫。

在這樣的好去處裏，當然不難找到供應著名海鮮的餐廳，他們有一種獨特的海鮮烹調，就是用本地產量最多的香蕉作伴菜，大家到此觀光時，不妨一試。遊客手持邱吉爾和拿破崙也欣賞過的馬德拉酒，一面品嘗美味海鮮，一面觀海賞船，這確是另一種境界。

Camara de Lobos 漁村

聖誕攤檔準備在即

最適合乘坐郵輪前來遊覽此島

漁鄉伴海灣，高崖近咫尺，被喻為歐洲最高臨海懸崖的 Cape Girao 就在小漁港西面的不遠處，從海灣遠眺，就像一管鋼筆直插入深海，遊客可以乘吊車或經公路直達崖頂。懸掛在崖邊的，是歐洲離海面最高的一條行人天橋，透明地臺加上彎月形設計，這條天空走廊吸引著一眾沒有畏高症的遊客走到懸崖的盡頭，穿過玻璃地板望下，盡是千尺離魂之景，驚濤拍岸，煞是懾人。

美麗聖誕小姑娘

邂逅香港三位才子

乘坐郵輪遊覽各地的優點很多，她其中之一個强項，就是能夠前往一些遊客不能從陸路抵達的島嶼，例如：夏威夷羣島、加勒比海衆島國、加那利羣島和愛琴海小島等。郵輪可提供一站式的服務，讓遊客可以「攜帶」著「自己的酒店」，自由自在的Hop-on，Hop-off去遊覽各島風光。今次在郵輪上更有額外收穫，就是能夠幸運地與香港三位才子古鎮煌、陶傑、項明生同船。他們生花的妙筆，獨到的見解和豐富的見聞，相信不需多介紹，但有機會能在同一時空下與他們相會，並在與他們閒談中，略知他們一些寶貴的旅遊心得，這確是一次難得的際遇。

著名球星C朗銅像

C朗出生地

回程途中，在郵輪停泊的海岸邊，挺立著一尊世界足球巨星的銅像，他正是C朗拿度。銅像置在遊人衆多之處，他邁開雙腿，作A字型站立，這不折不扣是C朗準備射罰球的招牌姿勢。銅像背景是首府，因馬德拉島是他出生地，全島皆以他為榮。無論是否喜歡他的個人風格，他的成就和足球技巧是值得敬佩的。

特色觀光嘟嘟車

行程尾段回到首府豐沙爾，景象又是一新。先前所到各處，皆有鄉土氣息，但首府卻是一處恬靜、優雅的現代城市。著名的 Ritz Hotel 位於市中心，整座建築物無需龐然宏偉，只是兩層優化了的古樸葡式建築、花邊露臺、藍瓷壁畫，便足以令人神往。在酒店露天茶座享受著下午茶的遊客，在冬日暖陽下，無拘無束的欣賞著旁邊慢慢移動的世界。2015年「全球最佳島嶼」，可以成為你和你之所愛的旅遊下一站嗎？

人生雋語：
耶穌說：「一切勞苦擔重擔的人哪，來找我吧，我便給你們安歇。」
(馬太福音11：28)

最佳季節

四季皆宜

旅遊小提示

- 前往 Madeira Island 可乘郵輪從英國 Southampton 出發，或乘飛機由葡萄牙里斯本起程。
- 島上的 Madeira Botanical Garden 美麗非常，值得參觀。
- 若果閣下是行山發燒友，島上的行山徑舉世聞名，不可錯過。

極光盤空，酷似一柄玉如意，中間光珠滾動，左邊瞬間化身成一個龍頭。

04

Naka Daka 北極光

很久以前，一位富有旅行經驗的朋友對我說，世界上有幾個天文奇景是人生不可不看的，北極光便是其中的一個。我一直將他的話放在心底，去年年終一聽到近期的北極光高峯期將會完結，我便立刻放下一切，買了機票，直奔加拿大的黃刀鎮(Yellowknife)

觀看極光的不二之選

黃刀鎮位於加拿大第二大湖大奴湖之濱，是西北地區的首府，距溫哥華約千五公里，位於北極圈的邊緣，從前出產黃金，近期發現鑽石，成為新興行業。這裏是內陸，不受海洋不穩氣候的影響。一年平均有二百五十多天可看到北極光。

甫抵機場，眼前出現的是一只大北極熊正撲向一隻逃進冰洞的海豹。一看見這兩隻栩栩如生的標本，便感到蠻荒冰幕已逐漸移近。但我隨即心中一沉，在未來數天欣賞北極光之際，身後會不會突然多了一位毛茸茸，身重一噸的「朋友」伴著我一起欣賞呢？導遊知我心意，他說：「在這地域是沒有北極熊出現的，因為牠們嗜食海豹，所以近海有海豹聚居之處，才有牠們的踪影。」心頭大石，頓時放下。他續說：極光之形成，是因為太陽風的等離子進入地球的磁場，隨即跟大氣內的原子和分子碰撞，便會釋出能量，形成不同顏色的光線，這便是極光了。

極光通常在離地約六十至一百公里處，並在緯度六十至七十度，距離磁極約一千五百公里的巨大圓形地帶出現，所以在世界上很多地區也可以看到，例如:冰島、挪威、芬蘭、格陵蘭、阿拉斯加和紐西蘭等地均可看見。極光最常出現於晚上十時至二時，上次太陽黑子活躍期是2000-2001年，今次活躍期是2013-2014年，看來，我和朋友們來得正合時宜。

在冰湖上乘坐此北歐履帶運輸車前往營地

超低温下賞極光

在湖邊營地安頓下來，室外溫度是我活到這把年紀的一次極終挑戰。攝氏四十度。不錯，本地人通常是將零下兩字省去，因零下是常態。不但如此，天氣報告還會附加「感覺是五十度」，在強風吹擊下，温度在感覺上可要嚴峻得多。我們都在暖暖的餐廳內等待極光的出現。一小時，兩小時的過去，天際還是漆黑一片，浮雲蔽月，漫天燦爛的星光，閃亮耀目，要是在觀星營，今夜可真大豐收。

零時過後，從未看過的大自然奇觀終於出來和我們打招呼了。一度綠光，劃破長空，在獵戶座旁熄熄升起，她搖曳著，像林間農房煙囱溢出的輕煙，身上的顏色，時而幽綠，間作暗紅，在浩瀚的穹蒼間穿梭。相機陣地早已架好來恭候仙女出巡，我趕緊除掉厚厚的手套，用只有薄手襪保護的手來控制快門線。但沒有厚手套保護的手掌，原來只可頑抗超低溫約三十秒。霎時間，指尖已感麻痺，手掌如被針刺，剛控制完一幅相的曝光便要即時戴回手套。

機場內栩栩如生北極熊標本

Once-in-a-lifetime-experience

極光繼續誘動，但我可以忍受任由她逃脫而不去捕捉這once-in-a-life-time-experience嗎？顧不得掌如刀割，在戴、除、戴、除手套的掙扎下，那下凡的仙女突然消失得無影無踪。我們正想回暖房尋求庇護，但背後的大熊座和北極星好像向我們通風報信：「看這邊啊！看這邊啊！」原來逃出星際深宮的精靈已轉移到北斗七星叢中穿插，極光和我們捉迷藏，真似美亞花露在電影《尼羅河謀殺案》裏，在埃及樂蜀神廟巨柱羣中和彼得烏斯丁洛夫互相窺探的撲朔情境。

玩盡冰國

雪地電單車在冰湖上飛馳

回睡房沒睡夠三數小時，接踵而來的日間節目便要開始。我們駕駛著冰上電單車在一望無際的冰封大奴湖上飛馳。目的地是距車程二十分鐘外的湖中心去釣大魚。嚮導用電鑽弄開一個冰洞，希望我們能釣得一尾湖鮮歸，但可惜在二十分鐘後，我們便無法與強風下的超低溫搏鬥，唯有失望地棄竿投降。

中產人士玩意狗拉雪橇

午膳後，繼之是漫遊冰雪叢林。我們穿上一雙無柄的「網球拍」便可任意的在附近雪林中漫步。嚮導指著一排排的動物足印給我們看，這是猞猁，那是小鹿，還有野兔呢。好一堂野外生物課，真是活到老學到老。

雪地漫步辨別野獸足跡

我們在路上還遇上一位型男，他從自己的越野車上卸下一輛雪橇，五條大雪橇犬在旁乖乖的等候命令出發。原來香港人喜歡用車戴著單車到野外放車，黃刀鎮的中產人仕卻有另類消閑 。

有不同國籍人士在營內協助

一天將盡，又是晚上的重頭戲。我們移師往另一處營地，營主是位愛斯基摩人，但原來在加拿大，愛斯基摩被認為帶有輕蔑之意，所以他們改名為因紐特人(Inuit)來識別。他說我們要試試加拿大野牛(Bison)的美味，我們後來在温哥華有機會一試，果真美味非常。

北極光指示燈塔，紅色、綠色燈表示當晚極光非常活躍，藍燈表示機會渺茫

黃昏冒寒乘坐狗拉雪橇

紅色極光難得一見

極光狂舞

正在談著，嚮導大叫，不要走寶！我們趕緊穿上重型裝備衝出暖房外去觀看。啊不得了，這夜的極光比昨夜的更加震撼。只見如絲帶舞狀的綠光橫臥天際，正像一匾玉如意，兩端緊蜷曲，盤亙古樹梢，欲訴萬千言。不單這位橫踞樹梢的天外來客想告訴我們很多故事，我也很想表達自己。但，此情此境，我語塞了。因為玉如意不是靜靜的橫躺著，我驚見它柄上有一串一串的光珠在快速的向右滾動，跟著，兩端慢慢的開展，左端不需數十秒便化身成為一個龍首，中間部份不斷的上下跳躍。是啊！好一幕「飛龍在天」！我身體感不到嚴寒的煎熬，大家都情緒高亢，大聲的歡呼、驚嘆和讚美上主！激動得互相擁抱著大跳Inuit 舞。

北極奇景Sundog現象，天空呈現「三個」太陽

營內娛賓節目

日出日落，雲卷雲舒，對我們來說，是司空見慣了，但當看到極光的真面目時，卻又為甚麼如此激動呢？其實所有大自然景物都是奧妙非常，不斷向我們訴說背後奇妙的智慧和配搭。只是我們通常不去思想與及看平常的幸福為理所當然。待至難逢一遇的妙境或困境來臨時，才喚起我們麻木已久的反思和醒覺。

告別營地時，另一道震撼的極光橫跨整個夜空，在穹蒼中搖曳舞動，範圍廣大得像拱門的覆蓋著衆人。那土著哥哥說，你們真幸運，我們叫極光做Naka，如果它跳舞的話，那便叫Daka，你們今夜兩者都看到了。

人生雋語：
我觀看祢指頭所造的天，並祢所陳設的月亮星宿，便說，人算甚麼，祢竟顧念他？世人算甚麼，祢竟眷顧他？
(詩篇8：3, 4)

最佳季節

深秋、冬天和初春都可觀看到極光。

旅遊小提示

- 如果能配合太陽黑子活躍週期，見到極光的機會便會大增。
- 不同的季節便配搭不同的日間活動。
- 自己不用添置太多重量級禦寒衣物，因為日後使用機會不多，當地旅行團有提供足夠裝備。
- 不要對寒冷天氣有恐懼，因為在寒冷季節的日間節目，是別開生面的冰雪活動，你所忍受的寒冷是有回報的。

05

世界最大亮燈聖景

我有一位朋友最喜歡收集世界各地的基督降生聖景模型，雖然擁有過百的收集，但假若她看到這個最宏大的聖景，相信她一定會嘆為觀止。

煙花怒放，照亮漆黑的山頭。

五漁村被稱為「散落深海的珍珠」

馬納羅拉火車站

臨海閑坐，來一杯Espresso

這一年一度的聖景展覽是位於意大利西北部世界文化遺產五漁村(Cinque Terre)的馬納羅拉(Manarola)鎮內。每年的十二月八日至翌年一月底，鎮上居民都會在山上擺設全世界最大的基督降生亮燈聖景。我在網上得到資料，特別在遊意大利的行程上安排了馬納羅拉之行。同時能夠參觀登錄健力士大全之盛會和遊覽世界文化遺產小鎮，我肯定這個行程一定很有看頭。

在去年十二月八日下午準五時三十分，馬納羅拉鎮漫天遍黑，在山丘頂上極目處，絢燦煙花綻發，滿佈整個山頭的亮燈聖景被遍天彩光照得格外耀目，向所有觀賞者宣告這盛會的開始。

我和太太在當天下午已到達馬納羅拉住的旅館。主人阿Paul兩夫婦非常熱烈的款待我們，他千叮萬囑我們要在五時三十分前到達山上教堂之廣場，以便佔得好位置看煙花。原來他是施放煙花的負責人，我和他開玩笑，說：「啊！那你就是“Fire-Man”了！」大家都笑得不亦樂乎。跟著他的指示，我們要趕在煙花開始前先遍覽這小村。

馬納羅拉是意大利蔚藍海岸五漁村內之一的鄉鎮，提及位於法國南部的蔚藍海岸，可算無人不知，但這個環繞著意大利西北面之海灣的，也非藉藉無名。五漁村被認為是意大利最美麗鄉鎮之一，遠在英國詩人拜倫及雪萊之年代，已極負盛名。

隔絕塵寰角落

她在1997年被納入世界文化遺產，意大利政府當其時將其一帶地域定名為五漁村國家公園。居民歷代已來都以捕魚為生，因氣候温和，他們也種植橄欖樹和用葡萄釀酒，其中一款酒 Sciachetrā 自古已有名堂。

這五個小鎮與世無爭，各自位於海岸邊五個陡峭的懸崖上，鎮內狹窄的街道彎彎曲曲的在山中盤延，可說幾乎看不見有車輛行駛。這樣隔絕塵寰的角落，正給予遊人無限的吸引。

煙花劃破黑夜長空

當地居民每天的通道　小城風光

漁村歲月留痕

我們與時間賽跑，先到山上聖羅倫斯教堂廣場觀察形勢。原來廣場面積不大，但可能意大利人沒有像香港人於年初二爭位看煙花的拚搏，下午二時多也沒有人進佔地盆。但放眼望去對面山頭，卻即時令人感到震撼。雖是遠遠的隔着一個山谷，但清楚的可看見整個山丘遍佈著很多立體人物和動物的圖型，估計每個圖型都有兩至三個人的高度。

近山頂處有一個很奪目的馬槽，內有聖嬰、約瑟和馬利亞，環繞著他們的，有數百個擺設。有天使、牧羊人、博士、小孩、羊群和駱駝，甚至漁船、海中的海豚、魚和鯨魚。我猜這是馬納羅拉居民都有漁民的基因，擺設聖景因此也有大海的影兒。圖型一層一層的沿梯田而上。

住宿酒店樓梯

住宿房間的古老睡床

只待黑夜來臨

阿Paul告訴我們，這些模型都是用廢物材料造成，表面共裝上一萬二千個用太陽能來發電的燈泡。這麼有環保意識之世界之最，令我十分感動，也對創始人加上不少敬意。一切都準備就緒，只待黑夜的來臨。

我們繼續往前行，山路兩旁建有新舊的小屋，牆上多塗上鮮艷的色彩，令人看到，心裏充滿著陽光。但我卻更留意夾雜在一片斑彩中一幅破舊的爛牆垣。在剝落了的灰泥下，古舊的磚頭外露，我腦海不其然浮現出這村漁民昔日生活的一鱗半爪：與世無爭，不用被每天股市上落而牽動吃晚飯的心情。日出而作，日入而息，也不需夜半起床被英超、歐聯所折騰。接著，一段如瀑布般直垂而下的石級，帶我們越過一組又一組的石屋羣而到達海邊。隨著遊人走在一條築得很合全家福散步的小徑上，來到小海灣的對岸。回頭往來處一看，噢！Mama Mia！不得了，我被一幅如詩似畫的美景所迷惑著。一幢幢築在海灣懸崖上的小房子，全都披上七彩的外衣，他們的位置隨意地安排而滲著柔和的混亂，好一首有規律但不規則的古典即興曲啊！

夕陽將橙黃色的幻彩投影在這列脫離塵囂的屏幕上，意大利名曲我的太陽(O Sole Mio)即時在我心底激情地迴響著，怪不得拜倫嚮往自由的靈感也是從這帶地域孕育出來。

煙花匯演前的表演

五漁村日落

散落深海珍珠

五漁村和另一意大利海岸世界文化遺產阿馬爾菲(Amalfi)比較，彼此都是沿著海岸懸崖建成的名勝，彼此都被遊客泛濫著。但阿馬爾菲是英國人在二十世紀初的的馬爾代夫，而馬納羅拉卻是無名漁夫安身立命之所。阿馬爾菲是貴婦頸項上的鑽鏈，五漁村是散落在深海的珍珠。

腕錶報時，下午四時三十分，香港人從不輸在起跑線，觀看聖景開幕煙花的有利陣地在對面海灣的山腰，要不要奔跑?驅策著疲乏的雙腿，勉強於五時正抵壘。還要呆等半小時才有煙花，但這也化算，在香港要看盛會，不用霸著陣地等上六小時可算是走運。

來此必吃的海鮮拼盤

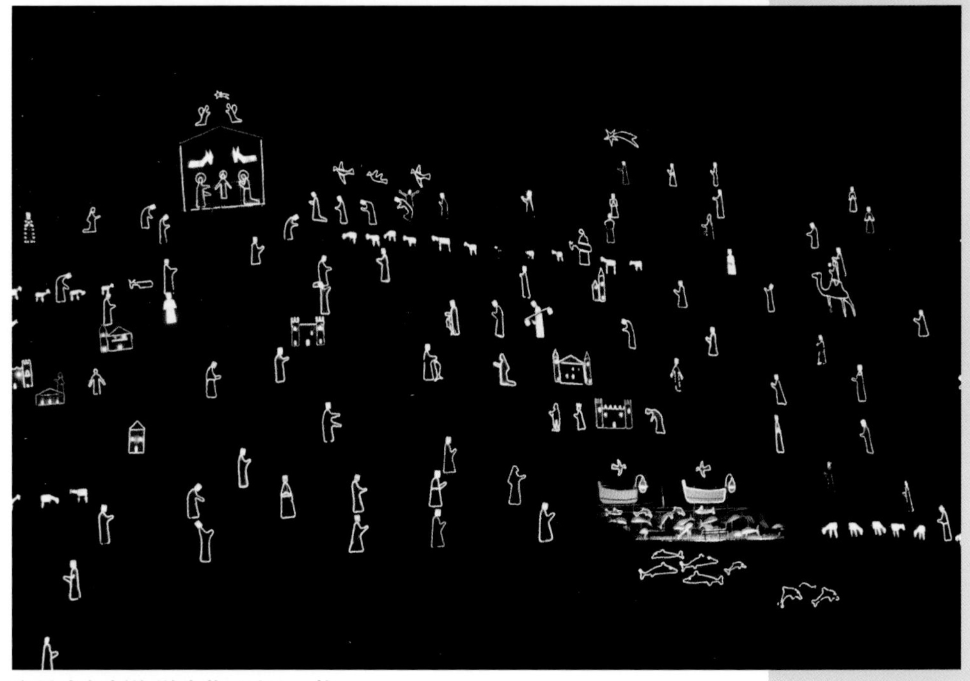

聖景中包括海洋生物，別具一格

除卻數以百計亮了燈的聖景人和動物，對面山上漆黑一片。漸漸地，半山有火光移動，當地居民帶著火把，營造成一串連綿不絕的火腰帶，將半山團團圍起來。五時半，煙花怒放，令人充滿歡欣希望的聖誕節期，在馬納羅拉正式開始。

浪漫的意大利人

人生雋語：
忽然，有一大隊天兵同那天使讚美神說：「在至高之處榮耀歸與神！在地上平安歸與祂所喜悅的人！」
(路加福音2：13, 14)

最佳季節

五漁村四季皆宜旅遊

旅遊小提示

- 若要拍得精彩煙花照片，要預先實地觀察，找尋最佳拍攝位置，之後並要預早到達，因為人群實在擠擁。
- 小吃：意式軟雪糕Gelato非常有特色，雪糕有質感而內裏少空氣，以牛奶、忌廉、水果、果仁原漿等造成。
- 五漁村之海鮮很有質素，馬納羅拉之價錢比較相宜。

06

加那利群島 (Canary Islands) 的藝術火山島

距西班牙本土西南面約一千公里，加那利群島 (Canary Islands)是一羣在美洲版塊與非洲版塊分離過程中「遺留下來的碎片」。羣島氣候適中，是尋找陽光與海灘的首選。眾島嶼各有特色，而位於最東面的蘭薩羅特島(Lanzarote)是個充滿各式火山地貌的博物館。島上最著名的是蒂曼法亞國家公園(Timanfaya National Park)，內中保存著好像太初混沌初開的景色。

引領遊人深入奇特火山地貌的蜷曲觀光路

地球上的火星

乾草進入旱坑內，隨即冒火

火山水洞入口，景物在水中倒照

在荒漠路邊一個毫不起眼的指示牌旁，西班牙裔的士司機用結結巴巴的英語說：「你們要進去參觀嗎？每人九歐元。」，我們問：「有甚麼好看？」，他拼命在腦袋中搜索，答：「有...間歇泉」，我們商量：「在新西蘭和冰島，我們都見過啦，這裏不要浪費金錢了。」於是便指示司機向前駛，他作了一個無奈的手勢，車行了五分鐘，我們疑惑起來，問司機：「這島的頭號景點，滿地彩色的火山錐，紅黑山地在那裡？」他聽懂最後一句，答：「剛才你們說不進去的那裏就是了！」

在瑪麗皇后郵輪(QM2)上，每天晚餐坐在我們鄰桌是一對年老的英國紳士夫婦，那女士長得酷似英女王。她告訴我們，他們很喜歡坐郵輪到加那利羣島旅行，羣島裏七個小島他們都到過，其中最吸引人的便是蘭薩羅特島。

彩色火山錐

因為郵輪翌日便抵達該島，所以我們特別留心聽他們的心得。她娓娓道來：加那利群島是西班牙屬地，位處北非摩洛哥西面海岸外約125公里，而處於最東面的蘭薩羅特島竟擁有超過三百個大小不一的彩色火山錐，還有世界最長的熔岩管道及火山水洞等，所以有人暱稱這是「地球上的月球」或「地球上的火星」。

一聽到司機說剛才我們不願進去的便是那國家公園入口，我們簡直是晴天霹靂，速令司機調頭回去，險些兒因自以為是而因小失大。抵達遊客中心後，所有旅客都不能乘坐自己的車輛，要集體乘搭特定的觀光車。我心道：「要這樣嚴格的規限嗎？」。在一條只容一車單行的山路上，觀光車徐徐而行，車上有錄音英語沿途講解。原來這條狹窄的山道，是由著名生態藝術家塞薩爾·曼里克 (Cesar Manrique) 所設計。他的生態哲學是將設計結構順其自然地與環境渾然融合，從而使觀賞者能迸發出激動之情。

整個國家公園是個獨特的火山熔岩地型，相比夏威夷島之火山地貌，最大的分別是：前者火山錐多，色彩多變，嬌小玲瓏的有之，龐然巨物的也不乏，地土大多呈奪目的赭色。而後者火山熔岩多呈黑色，貌似一團團的「牛隻餐後物」。

凝固後的火山熔岩

島上滿佈火山錐

在火山水洞岩中的餐廳

無火地熱烤熟一排排的雞髀

火山水洞入口，遊人可通往對面的出口

遊客一路欣賞，播音系統一路播放著醉人的音樂。路線所經之地，都經過細意雕琢，有經過低窪溶洞旁，有走近筆直插在一旁的巨大溶岩板塊。

當觀光車駛進一個山谷時，擴音機傳來令人心慄的配樂，我們霍然察覺到這不是個山谷，而是一個從巨大溶岩山脈中深深開鑿出來的一條通道，兩旁冷卻經年的溶漿，詭異地層層疊疊的攀纏在一起，直插雲霄。這段路迂迴曲折，兩旁岩壁離我們間不容髮，設計者費盡心思，讓「識貨者」能超現實地近距離置身於溶漿之內，並可聯想到在三百多年前火山爆發時的懾人情景。這感受是與坐在電視機旁觀看萬里以外之火山爆發而截然不同的。

天然土樓

正值大家在讚嘆、欣賞得驚喜難分之際，觀光車正慢慢的帶著我們停在一個小山丘上，而另一奇景又出現了。我們俯瞰右面的狹小平原，發現數個大小不同，顔色各異的火山錐，有的呈紅配黑，有的現綠嵌黃，就像手上的雙球雪糕，上層正在溶化且與下層攙合着。從小山丘下望，好像航拍土撥鼠所築的土堆，也像拍攝著天然毫無斧痕的「福建土樓」。

旅客在全程都不能下車，但司機會於適當位置停下片刻，以便大家能隔窗拍攝每個獨特景觀。最後，觀光車來到一處狀似太虛初開的混沌地貌時，擴音機登時播出「2001太空漫遊」的主題曲。每頓主旋律鼓聲，擊打著心坎，每幀創世初景象，衝擊著視覺。這確實令人倍感震撼，印象難忘。

下車後，我們趕往觀賞地熱示範，職員將一桶水倒進火山爍洞中，霎時間，一道強烈的水柱帶著蒸氣從小洞中向著天際噴射出來。另一廂，職員將一團乾草拋進一個旱坑，不出數秒，草便著了熊熊烈焰，火從坑中冒出，好不令人咄咄稱奇。此外，餐廳的後院有個大坑，上面擺著一排排的鷄髀，坑內沒有火，但鷄髀卻被烤得香氣四溢。

火山水洞

曼里克在島上的另一傑作就是火山水洞(Jameos del Agua)。Jameos意即在管道上的大洞，就像長笛上的洞孔。我們在山洞中沿著螺旋梯級往下走，洞壁長滿了蕨苔等植物，向下行時，洞穴豁然開朗。我看見在巨岩擁抱下，藏著一間佈置精美的餐廳，曼里克將餐廳安放在這裏，彷如一位待字淑女，依偎在深閨中。這裏著名的食物是新鮮海產，在這洞穴中品嘗一客西班牙海鮮飯，一邊捧著心愛飲品，一邊放縱眼目去欣賞藝術家的心血與大自然的交融，這經歷保証在腦海中永佔一角。

這水洞還有一條水道直通往外面的大西洋，而水道的兩頭是一對同樣的半圓形洞口，洞口將洞外景物倒照到內裏平靜的水面上。無論從進口看倒影，或從出口回頭看入口處，遊客均可看到相同形狀的洞口和倒影，的確是蔚為奇觀。

桂冠得主

時間有限，返到郵輪後細味著島上的遊歷。國家公園內那條觀光路蜷曲盤纏在一片奇特火山地貌中，帶領遊人深入不毛，尋幽索秘，其本身便是一件藝術精品。配合著國家公園的優良管理，因恐遊人和車輛會破壞環境，所以不讓遊客恣意自由行和自駕遊，服務妥善的觀光車完全滿足了外人的窺探慾。與芸芸世界各地的火山地域相比，無論在藝術設計，觀光管理，火山地貌之多元性，在地圖上毫不顯眼的蘭薩羅特島確是我心中的桂冠得主。

奇特的火山岩洞，高約數十尺，下有水面反映景物

奇異火山地貌

蒂曼法亞國家公園的標誌

最佳季節

四季皆宜

旅遊小提示

- 往 Canary Islands 之 Lazarote Island，可乘郵輪從英國 Southampton出發，或乘飛機從英國起程。
- 預充足時間，可在火山水洞餐廳中享受別緻的午餐。

人生雋語：
所以，不要為明天憂慮，因為明天自有明天的憂慮；一天的難處一天當就夠了。（馬太福音6：34）

你們要將一切的憂慮卸給神，因為祂顧念你們。（彼得前書5：7）

07

德國柏林憑弔巴比倫文明

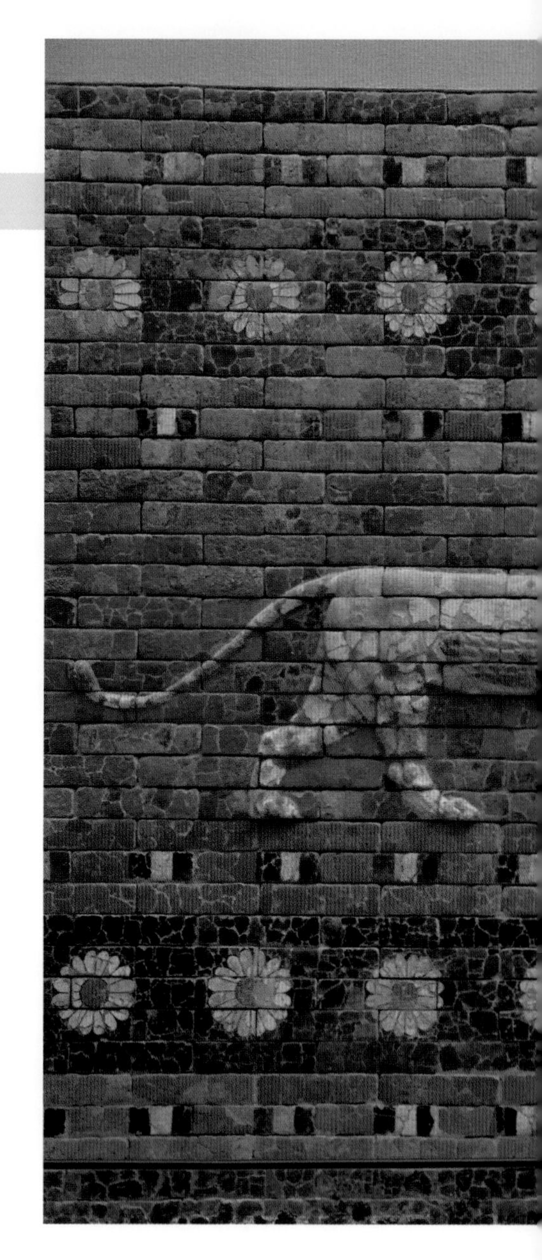

剛穿越了巨形的圓拱門後，環繞樹立在面前的是一列巍峨的高牆。它的高度令人震撼，牆身從地面攀上半空，其上色彩像透過偏光鏡攝到的深調蔚藍晴天，而且色澤鮮明，一眼望去，正面的牆壁上，滿佈著一行一行的動物圖案。它們有規律的排列著，形態生動，令人讚歎不已。

距今2500年青金石釉面琉璃磚上的獅子浮雕

本來面目

這是新巴比倫王國(公元前609年至539年)最顯赫的皇帝尼布甲尼撒二世所建的伊什塔爾城門(Ishtar Gate),是進入首都巴比倫城八個城門之一。這城位於底格里斯河和幼發拉底河之間,即現今伊位克的國境內。據推測,她是當時世界上最大的城市,人口約二十萬人。這古王國位於美索不達米亞南部,是世界四大文明古國之一。當時國力鼎盛,國土由地中海東岸一直延伸到波斯灣。隨著歲月的逝去,及經歷了大小不同民族的統治,這片湮沒了的國土,現今留下的古蹟只餘鳳毛麟角。德國藉考古學家羅伯特·科爾德威(Robert Koldewey)於1902年在這地考察,找到了昔日巴比倫城的遺址,他經過了不少波折,把這些反射藍光和橙光的磚塊運回德國,最終把這寶貴的發現回復本來面目。

博物館前的悠閒人生

堂皇氣派

筆者在一幅幅的高牆下仔細觀看，參考著手中資料，看到牆身鑲著一塊一塊由青金石燒成的釉面琉璃磚，磚面呈現淺浮雕的動物，隔行的排列著。有原牛(即現今家牛的先祖，角長，身軀壯大)，和怒蛇(一種傳說的龍形動物，前足是獅臂，後腿是鷹爪，頸長，頭有冠，吐蛇舌，全身披鱗)。

在側面的牆上，卻有巨大的棕樹和獅子的圖像，這些動物均栩栩如生，漫開大步，神態活現，顏色鮮亮，沒有太多的褪色，有花形圖案在牆腳作裝飾。動物、花朵和植物都是橙黃色，牆身襯以深藍色。由於藍色和橙色是互補色，這兩色在視覺上有強烈的對比度，距離感被拉開，產生明顯的平衡張力，加上淺浮雕的效果，令牆上每隻動物和圖案都充滿着生命力，好像就要立刻在你面前跳出來一樣。迦勒底人卓越的工藝和文明，見微知着，可見一斑。

怒蛇淺浮雕

伊什塔爾城門的裝飾

座落於這氣勢宏偉之大城門外，是尼布甲尼撒二世的另一偉大建築，一條筆直的巡遊大道引向伊什塔爾城門。這寬闊大道的兩旁均有矮牆拱衛，牆身一如伊什塔爾城門鋪上了深藍色的青金石磚，磚上鑲着很多威猛雄獅的圖像。

這些百獸之王雙目炯炯，步履大開，盡顯王者姿態。牠們每隻都張口咆哮，活靈活現的在淺浮雕上預備隨時撲出來。牠們身披亮澤的橙黃皮革，巡遊在特強飽和度的藍空下，盈溢著堂皇氣派。

伊什塔爾城門

原牛和怒蛇

顯赫霸主

站在這巡遊大道上，我沉思著，眼睛迷矇起來，耳際間漸漸響起巨大鼓樂聲，歷史上顯赫的霸主，巴比倫國王尼布甲尼撒二世就在我前面經過，緊隨其後的是王孫公子，貴胄和大臣。突然，我在行列中認出一人，他不就是那位被人從猶大國擄到巴比倫的哲士，聰明絕頂，敬畏真神，能將王忘記了的夢解明給王知道的但以理嗎？他因為能解夢，又有聰明，智慧比其他哲士勝過十倍，所以王立他為總理，管理巴比倫的行政。

我正想趨前一睹他的風采，但就在這時，天際間颳起一片黃沙，風沙過後，牆上雄獅仍依舊在我眼前咆哮，熙攘遊客仍繼續在我兩旁穿梭。城門上青金石磚所保留的色彩，歷盡千百年，依舊鮮艷奪目。所附著的猛獸，仍龍騰邁步，這確是手工藝和建築的一塊瑰寶，昔日古帝國之文明，歷歷在目。而且，人在歷史中，歷史中的人，今天，城門依舊在，幾度夕陽紅。

牆壁上刻有巴比倫文字

震撼壓迫

帕加馬博物館的第二個寶藏是古希臘帕加馬祭壇(Pergamon Altar)，古希臘在小亞細亞建成的帕加馬城，《聖經·啟示錄》譯作別迦摩，曾是羅馬帝國在亞細亞行省的首府。除了埃及亞歷山大城之外，她擁有世界第二大的圖書館。當地人也發明了羊皮紙，在埃及禁止莎草紙出口後，這羊皮紙便成為紙張的唯一代替品。所以他們對文化的延續，有很大的貢獻。這座帕加馬祭壇是建來供奉希臘神話的天神宙斯，它是希臘建築文化的典範。

從遠處望去，已經看到其宏大。其建築格局，就像一個人擴開胸膛，雙手伸出，要緊箍著每一個前來的人。中央台階有數十級，左右闊二十米，我一路攀登，一路有壓迫感。在旁面伸出的兩翼建築，我看到一列列龐大的高浮雕壁畫。每個在上的人物或動物，都雕得肌理分明，動感澎湃，神態活現。

資料顯示，這是講述神話中帕加馬城的建立者他理費斯的一生事蹟，其中有和神話中的天神互相爭持，也有他們與怪獸搏鬥的故事。到達壇的中央，有兩排整齊的愛奧尼式圓柱，中間組成一條筆直的迴廊，延至兩翼及後排的建築。用了點氣力攀到這回廊，回頭再望向斜斜的階級和起步處，頓感整體建築之震撼力。

祭壇上希臘神話的雕像

帕加馬祭壇是供奉希臘神話中的天神宙斯，是希臘建築文化的典範

博物館島上博物館林立

博物館內還有第三寶，就是古羅馬的米利都市集城門(Market Gate of Miletus)。加上其他很多古代收藏品，所有展品均具高度觀賞價值。如要一站式認識和欣賞巴比倫、希臘，和羅馬這古文明三大里程碑的藝術和建築結晶品，帕加馬博物館一定不會令你失望。

古希臘帕加馬祭壇

祭壇裏的走廊

古羅馬米利都市集城門

柏林國會大廈的圓頂

栢林國會大廈內環迴樓梯

最佳季節

四季皆宜

旅遊小提示

- 博物館島上博物館林立，是喜好歷史文物者的好去處。
- 栢林國會大廈建築出類拔萃，通透圓頂，遊人可從頂樓直望位於低層的國會開會情況，用以象徵國會之開放性。

人生雋語：
人若賺得全世界，賠上自己的生命有甚麼益處呢？人還能拿甚麼換生命？(馬太福音16：26)

08

世界新七大
自然奇景
伊瓜蘇大瀑布

這大自然佈局，簡直就是沙皇夏宮花園裏，階梯式噴泉的天然藍圖。

巴西橋上近賞瀑布

位於巴西和阿根廷交界的伊瓜蘇大瀑布，在去年被選為世界新七大自然奇景之一。大瀑布位於伊瓜蘇河上，此浩瀚大河流經巴西和阿根廷境內之國立公園，其土語意思是大水。它是世界三大瀑布之一，與美加之間的尼亞加拉瀑布，和東非的維多利亞瀑布齊名。但看過伊瓜蘇雄偉獨特之奇景的人卻不太多。

美國羅斯福總統夫人Eleanor來到巴西，第一眼看見伊瓜蘇，便驚訝讚歎道："Poor Niagara!"將自己國內世界最大流水量的瀑布，形容為微不足道。她是否太diplomatic？或太客氣？在看過伊瓜蘇瀑布之奇特雄偉後，便沒有人認為她是形容得過份了。

今年二月籍著參觀巴西里約熱內盧一年一度的嘉年華盛會，我和太太能一並參觀這新鮮出爐的世界新七大之一，確實是一個令人感動及感恩之際遇。此瀑布不應以單一瀑布來看，她實在是一整遍為數約二百七十五個的瀑布羣。

阿根廷探戈舞

阿根廷舞蹈表演

娛賓雜技

牛仔正準備馬術表演

伊瓜蘇河流至巴西和阿根廷之間，河床突然下陷，形成一個巨大而狹長U-型的缺口「魔鬼咽喉」，落差最大為八十二米，河床下陷一直向前伸展而覆蓋著二點七公里的範圍，在世界可知的領域內可算無出其右。河水向前急速飛流，被大大小小的小島分割開，形成目不暇給萬花筒般的瀑布博覽會。要欣賞伊瓜蘇瀑布的全貌，切不能在一日內及妄想從單一角度觀看便可完成。我們今次分別從四個角度來作全方位令人張口結舌之旅。

從陸路參觀

首先，我們第一日乘坐迪士尼般的觀光火車，從阿根廷方面穿過茂密的森林，緩緩的到達瀑布區。下車後，伊瓜蘇河在旁急速的流著，但要到瀑布邊際，還要在長約一公里的板鋪小徑上前行。小徑蓋在急湍的河面上，轉過數彎後，前有短叢，有水霧從後騰空而起，高飄入雲。拐過林後，萬古不盡的河水就在我們前面翻出奇景。全組瀑布羣最險要的正是眼前的「魔鬼咽喉」。名字沒有錯，河水力發千鈞，如野馬、如狂牛，正像西班牙奔牛節的那羣，在狹長古舊街道中狂奔，奔向前，奔向盡不見底的深淵。

這段瀑布形成一個七百米長一百五十米濶的巨型長鉗。落差八十二米的黑洞，完全看不到底部。歷史記載有人從尼亞加拉瀑布躍下而不死，但要從「魔鬼咽喉」下去探險的，卻沒有聽過他能再次看到明天的太陽。

從阿根廷方面坐小火車進瀑布區

高空欣賞

我們休息過一夜後，第二個高潮跟著便來臨。我們一眾乘坐直升機直上雲霄，從高空俯瞰這世界新七景之一的寵兒。機葉激拍著嬝嬝上升的水霧，整個二點七公里的絕妙景色便盡收眼簾。

機師很照顧我們，左來一個靚捝，滿足了左邊的客人，右邊不忘再來一個，右邊的客人可不要埋怨沒有欣賞過「魔鬼咽喉」啊！直升機載著興奮忘形的七個人。看呀！這不是我們昨天行過一公里的木板橋嗎？那麼，這邊應該是阿根廷吧！而巴西便是長鉗的另一臂。兩國隔瀑相對，讓我聯想到這場「世界杯」戲碼真可觀，正是「伊瓜蘇河瀑布聲，巴西狂撼阿根廷」。

整裝待發空中觀賞

從高空鳥瞰「魔鬼咽喉

壯觀的伊瓜蘇大瀑布

彩虹羣現

接著，停不了的第三波。從我們下榻的酒店 das Hotel Cataratas 步出，沿河往上游而行。這回接踵而來是從巴西這邊欣賞掛在阿根廷境內佔八十巴仙的瀑布羣。這些瀑布有大有小，疏密不一，都分佈在長二公里多的崖上，從不同大小的樹叢中或小島中飛躍出來，落在層層疊疊高度不同的遼濶台坪上。這大自然佈局， 簡直就是沙皇夏宮花園裏，階梯式噴泉爆布的天然藍圖。

順山勢拾级而下，一直朝巴西這方面的主瀑布前行，一條人造小徑將遊客帶進瀑布區奔騰的河面上，人們好像朝聖般的步向這幅大型水幕。往右邊河谷望下，奇景又出現了。河谷裏，不是出現一道彩虹，而是兩道、三道、四道的出現。我們當然不會錯過拍攝這個好風光，趕緊擁在一起，讓一羣彩虹仙子圍在四週，將我們像一盒精裝日本禮品般包裹起來。

好景在後頭，再往前走，一幅超巨凸透鏡型的水牆已壓在你面前。站在這裏，當下無言，倍感造物主之偉大和自己的渺小。無論你站在何方，水花都毫不留情地滋養著你每一寸肌膚。不單這幢水大廈緊壓著你，河谷四週也滿佈著瀑布羣。有人計算過，若站在某個定點，瀑布羣會以260° 的方位來供你欣賞。沒有任何已知的世界角落有着相同的景觀。尼亞加拉啊！維多利亞啊！你們在何方？

瀑布像萬馬奔騰

唐詰訶德勇闖瀑布底

吃過豐富的自助午餐，換過衣服。不錯，是換過一套更方便被水弄殘的衣服。下午，我們要乘橡皮艇挑戰這羣瀑布。橡皮艇載著一船的乘客，在急湍的河水上逆流而上。十數分鐘後，便看到一排瀑布。此時已是河、天一體，前面一船一船的敢死隊，就像登陸諾曼第般的往瀑布衝去。小艇勇敢的駛入水龍捲陣中。每人都認為自己是唐詰訶德，是會打敗那些風車巨人的。但事實呢？我被水柱無情的轟擊，滿天是星斗，很想立刻逃離現場，但又逃不了，唯有盡情的與衆一同狂歡、狂叫、狂笑！

階梯式瀑布群

勇闖瀑布底

Hotel das Cataratas

後記:

我們在巴西下榻的Hotel das Cataratas是一間充滿葡萄牙殖民地色彩的五星酒店，只需步行兩分鐘便可觀賞到瀑布羣。粉紅外牆襯著白色線條的大正門，給人一道歡愉和清麗的觀感。大堂佈置古雅，葡式藍白磁磚相伴著優美的蘭花。這酒店和其他中、南美洲酒店的西班牙式之熱情奔放佈置大不相同，客房近二百間，內裏設施新穎，但傢具臥床的款式卻古色古香，就像回到麥哲倫航海的年代。大型泳池旁滿佈熱帶棕櫚樹，坐在這裏，欣賞著巴西著名的8字彩蝶在飛舞，真人生一樂也。

人生雋語：
自從造天地以來，神的永能和神性是明明可知的，雖是眼不能見，但藉着所造之物就可以曉得，叫人無可推諉。(羅馬書1:20)

耶和華啊，祢所造的何其多！都是祢用智慧造成的，遍地滿了祢的豐富。 (詩篇104:24)

最佳季節

四季皆宜

旅遊小提示

- 如能住在巴西境內的Hotel das Cataratas，清早在未有旅客來臨前，是最佳觀賞瀑布的時候 。

09

歐洲文化之都 美食朝聖

位於西班牙西北部的城市聖塞巴斯提安 (San Sebastian) (塞城：下同) 是巴斯克自治區 (Basque Autonomous Country) 之吉普斯夸省的省會。一般旅行團不會到達，因她地處西班牙西北，靠近法國比利牛斯山，和其他熱門旅遊城市的位置南轅北轍，但如果要到西班牙作深度遊，這獨特的城市一定要在閣下的行程表內。

河畔古舊燈柱躉

今年，她與波蘭的洛克勞(Wroclaw)同被歐盟選為：2016年歐洲文化之都(European Capital of Culture 2016)，其意義是將她們和歐洲其他主流城市拉近距離，提升其城市形像及知名度，並藉此推動區內的文化發展。一連串的文化活動包括傳統巴斯克及古典音樂會、戲劇、電影會、文化講座和全歐洲日期最長的爵士音樂節等等。

公園內石像雕塑

聖塞巴斯提安電影節

話雖如此，其實塞城遠在被提名為2016年歐洲文化之都前，她已經擁有數項蜚聲國際的名堂。每年九月舉行的塞城國際電影節是與康城、威尼斯和柏林國際電影節同被國際電影製片人協會(FIAPF)列作A級的電影節。這裏曾作國際首影的有希治閣名作《迷魂記》，歐洲首影的有佐治盧卡斯之《星球大戰》等。

市內古蹟

滿有古典氣派的市內舊城大會堂

美食朝聖

除此之外，塞城是嗜好美食者公認為美食朝聖之地。她是全世界米芝蓮三星餐廳數量密度最高的城市(以市區面積計算)。並且，在10萬人口中有14顆米芝蓮星，其中有三間餐廳是三星級，全球只有京都勝過她 (以人均密度計) 。這裡的名廚阿爾札克 (Chef Arzak) 是首位西班牙三星級大師，他拿手的新巴斯克料理是將法國和西班牙其他地區的飲食風味加入到傳統的巴斯克烹飪中，使得老饕們均奉之為極品。巴斯克因為傍海，所以烹調主要以海鮮為主，伴以橄欖、火腿、奶酪，加入各椒類，另配河鮮，是自成一格的烹飪藝術。除了高檔次的餐廳外，城內另一引人入勝的著名食品，就是一種伴酒小食 Pintxo (巴斯克語，粵音讀作「偏曹」，亦即西班牙語的Tapa)。未到塞城前，看到 Pintxo 照片，覺得這無非是一

芝士、魚柳 Pintxo

火腿、雜菜 Pintxo

串串類似香腸夾菠蘿的廉價小吃。心裏道：這也算是美食？巴斯克人的口味未免是普通中的普通，美食天堂的稱號可能是過譽罷！

我們向住宿旅館的店主查詢城內美食的分佈，他非常有準備的拿出一張地圖，左一圈，右一圈的便點出全城的精髓。牛柳 Pintxos 最出名的是這間酒吧，鵝肝 Pintxos 最煞食的便是那間，豬柳最具特色的卻是中間的一間。他還介紹了一種在別處很難吃到的海鮮珍品，名稱是：Kokotxa。我特別留意他對這食品名稱的發音，原來似足香港人說「哥哥仔」，於是我和太太都笑逐顏開的叫這食品為「哥哥仔」。但是，它是何方神聖呢?店主用結巴的英語向我們解說，奈何我們理解力差，總是不明白。他惟有用手

指指着自己腮骨U-型位置包圍著的那片寸兒嫩肉，原來那是一種名為Hake的鱈魚的下顎肉！我們都詫異，難道這也能成為一道菜嗎？但從巴塞隆拿坐了六個小時火車來這地開眼界，甚麼怪東西都總要一試，是嗎？按圖索驥，在舊城區小巷中找到牛柳Pintxos「精品店」，吧內人山人海，在人縫中窺到吧桌上擺滿了各式一串一串的小食，好不容易才鑽到前面，不理各式小食的誘惑，二話不說的便叫了兩客牛柳Pintxos。店內的Pintxos有冷吃的和熱吃的，在熱吃未到時，我們便有時間細挑吧桌上的各式Pintxos。原來大多數Pintxos都是用一支幼長木簽將不同的精緻食材，小塊小塊的，很細緻地串起插在一片脆脆的法國麵包上。食材有：鰻魚等各式海鮮、西班牙火腿、奶酪、牛柳、草菇、artichoke、和多款山菜。

眼前各款美食，都可隨手拿來，正想付鈔時，酒保禮貌的笑道：「你們享受完才計數吧！」正疑惑之際，身旁食客告新我們，原來埋單是以客人盤上剩下來木簽的數量來計算。這樣互信、誠實的營運，要是在香港或在世界上很多其他地方，店鋪不「執笠」才怪呢！心中思量：這裏是否一個理想國度的雛型？

市內大橋

Pintxos琳瑯滿目

酒吧門前享受悠閒

牛柳 Pintxos

轉瞬間，兩客牛柳便送上。此店確實名不虛傳，牛柳肉質上乘，入口嫩滑無比，每客2.65歐元，份量大小適中。在這兒吃 Pintxos，食客多佐以雪莉酒或啤酒，吃的藝術通常是在一間酒吧內試一、兩款Pintxos，然後移師到下一間再嘗試。然而，我們面對著各款色香味俱佳，配搭精緻的Pintxos，卻完全不能自制的吃個不停。離開酒吧時，猛然醒起，先前以為巴斯克 Pintxos 只是一些平庸小吃，但原來卻是一種悅目吸引，絕不平庸，且叫人吃出讚歎，又是雅俗共賞之食品。

巧手高檔牛柳Pintxo

奇珍異品

飲食巡禮，繼續在晚上進行。我們在一番唇舌下，才能在一間一早爆滿的餐廳內求得一張在樓梯旁臨時加插的小桌。旅館店主介紹的神秘野味「哥哥仔」，是我們充滿著好奇又期待著的新嘗試。28歐元一客的碟上，整齊的排列著十件豐盈的魚顎肉，每件去骨，大小相若，肉色光潤，木炭烤調處理，空氣中彌漫著隱約的魚香。初作淺嘗，口感確是非比尋常的幼滑，有質感，魚味鮮美，以前從未嘗過如此滑嫩的食物。遊聖塞巴斯提安，千萬不要忘記這味奇珍異品。

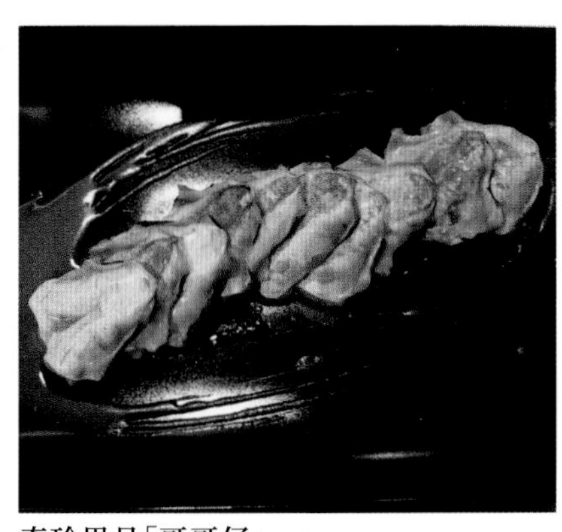

奇珍異品「哥哥仔」

別創一格的燈柱

酒吧內擺設多款Pintxos

小球迷忠於自己城市的
皇家蘇斯達足球隊

人生雋語：
人活着不是單靠食物，乃是靠耶和華口裏所出的一切話。(馬太福音4:4)

最佳季節

四季皆宜

旅遊小提示

- 到 San Sebastian 可由巴塞隆拿乘火車出發，車程約五小時四十五分鐘；或乘飛機，航程約一小時
- 餐廳座位要提早預訂，否則便吃不到「哥哥仔」

獲選為UNESCO世界文化遺產的醫院

10

巴塞隆拿
世外桃源醫院

世上有錢的人很多，其中有品味的也不少，但有錢有品味，加上能濟世為懷的，於上世紀初在西班牙巴塞隆拿，銀行家包招爾 (Pau Gil) 可真是個典範。因他看到當地社區醫療之需要，便邀得建築界奇才蒙塔奈爾 (Lluis Domènech i Montaner) 助他設計出一所像世外桃源的醫院 — 聖保羅醫院 (Hospital de Sant Pau)。

世界文化遺產

要深度細意遊覽藝術名城巴塞隆拿，除了建築泰斗高迪的作品一定要欣賞之外，另一位著名新藝術建築師蒙塔奈爾所創建的兩幢代表作：聖保羅醫院和加泰羅尼亞音樂宮 (Palau de la Musica Catalonia) 也一定不能錯過。這兩件建築界的傑作在1997年獲選為UNESCO世界文化遺產，蒙塔奈爾的成就和藝術造詣因而可見一斑。

選擇參觀巴塞隆拿的藝術建築，打賭任何人起先都不會對一間醫院有興趣，但引起我興趣的，卻正正是因為她是一間醫院。能被UNESCO選上的，不是皇宮，就是教堂，不是博物館，就是古遺蹟，而被選中的醫院，可真是鳳毛麟角。究竟這座醫院有何獨特之處呢？

醫院正門

巴塞隆拿街頭 Joan Miró 馬賽克創作

醫院現在成為一座博物館及文化中心

藝術建築

從遠處慢慢的走近，心裏漸增狐疑，我究竟有沒有來錯地方呢？眼前的建築物儼然一座古堡，或是一幢古典豪宅，哪裡是一座醫院呢？付了入場費，經過花園，便來到醫院行政大樓的前門，包招爾的塑像就兀立在最顯眼處。前門上嵌著莊嚴的浮雕，旁面伴著加泰羅尼亞傳統圖形和壁畫，令人眼前一亮。

進入行政大楼，其氣派更讓人驚訝。大堂中庭十足換上新裝的古堡，空間廣闊，樓底高高，光線明亮，四面窗户嵌上彩色玻璃，圖柱全鋪上大理石，一彎華麗闊落的樓梯將遊人引領上二樓。在那裏有一大廳，遊客可以在這裏用高角度欣賞所有建築物的陳設和分佈。而這些各具特色的建築物又竟然是獨立的醫療室、手術室和病房。在此

巧奪天工的走廊屋頂

醫院大廳的彩色玻璃窗

病房入口的裝修毫不馬虎

大廳內，位於牆壁頂部寫有一列禱文，其大意是為醫院的全體病人和醫護人員禱告，求上主醫治各病者以及賜醫護人員健康。從這段禱文中可以看出，醫院管理人憐憫的心懷，他們謙卑，知道自己能力之有限，並且認識到生命主權的所在。

聖保羅醫院查實為歐洲其中一間最古老的醫療機構。在1401年，當地已存在著數間小型醫院，直至二十世紀初，因社區日益發展，醫療配套已不敷應用。此其時，富有的銀行家包招爾挺身而出，一力承擔起重建醫院的責任。他邀得蒙塔奈爾設計一間既能滿足社區要求，並且能表達富有現代主義色彩的醫院。事實上，現代主義與巴塞隆拿有著密切的關係，她在建築學上呈現的特色是多姿多彩的裝飾，彎曲的線條，配合著豐富的動、植物主題，並且用不對稱的結構，將動態和美學表達出來。

戶內裝飾精雕細琢

建築物上Pau Gil的標誌

奢華中的簡樸階梯

院內種遍薰衣草

橙樹林立突顯西班牙園林的特色

世外桃園

要形容這醫院為世外桃園，實不為過。她是由一組富有特色包裝的病房構成，而這組亭軒式房子又被安插在一座精心設計的花園內。在園中，四處栽種了綻放的薰衣草，邃紫片片，芳香綿綿；病房外，更種植著果實纍纍的橙樹。眼前梵高的橙調，普羅旺斯的紫海，確難想像這是一間醫院的所在地。

每一間獨立的病房都是一座精緻的藝術品，用柔和、令人精神舒暢的淺褐色磚作外牆，配合不同的雕塑做裝飾：有天使、龍、多樣的動物與及怪獸狀石雕出水口。此外，P和G字樣的浮雕不斷地出現，因為這兩個字母是包招爾的簡寫。病室上蓋是圓拱頂，外加彩磚，室內寬敞，光潔明亮，彩瓷貼牆，病床間有充足寬闊的空間。男病房被安放在醫院園林內的一邊，女病房在另一邊，行政大樓在中央。熟悉香港醫院歷史的讀者，相信會認得出這個醫院設計不是和香港一間知名度很高(在60年代初建成)，且現在已獲重建的醫院的前度設計很相似嗎？所以，這兩間醫院的設計是否有相關性，確是可以成為一個有趣的研究個案。

站在聖保羅醫院的園林中，發覺原來每一間病房都是由一條寬闊透光的地下通道連繫著，病者轉換病房，搬運醫療器材，醫護人員來往奔馳於不同病房之間去拯救病人，均可受惠於這個充滿「人性化」的設計，而免受日曬雨淋之苦。

行政大廈入口

病室設計美輪美奂

福氣

病人有機會可以在此接受治療和休養，真是有莫大的福氣。優美的環境，超標的醫護水平，人性化，而無一般醫院的「氣味」，融入藝術和美學的揉合，在舉世中實難找到與之並排的傑作。細想之下，除了建築師蒙塔奈爾值得敬佩之外；包招爾無可置疑是一位能將關懷帶給有需要的人、對社會有貢獻、而又能促成將藝術瑰寶傳世的代表人物。

其實，他可以用自己的財富和心血，來為自己建造一座皇宮，但他卻選擇了建造一間醫院。

巴塞隆拿市場內的海鮮店

巴塞隆拿蘭布拉大道(La Rambla)

巴塞隆拿市場內的趣緻蛋店

巴塞隆拿公眾廣場之一

人生雋語：
耶和華啊，求祢醫治我，我便痊愈；
拯救我，我便得救；因祢是我所讚美的。
(耶利米書17：14)

最佳季節

四季皆宜

旅遊小提示

- 除了美麗的醫院建築物可供拍攝之外，醫院的花園內種植有不少薰衣草，和果實纍纍的橙樹，將之囊括在鏡頭內，會是不錯的選擇

在水中蕩漾的嬰孩搖籃

11

鹿特丹：小孩堤圍

荷蘭國土在歐洲版圖中不算廣大，但她充滿著文化氣息，藝術氣氛濃厚，歷史遺痕比比皆是。阿姆斯特丹有世界聞名的鬱金香花卉展，而在她旁的荷蘭第二大城市鹿特丹，亦是一個不折不扣極具吸引力的城市。

寫意的週末下午

遊客打卡熱點

河畔泊著一艘挪亞方舟

美麗的風景畫

想起荷蘭就想起風車，荷蘭四處的風車大都富有欣賞價值，它們多披上鮮艷的外衣，顯得特別上鏡和搶眼。但若要去參觀一個最具代表性，富有歷史感，充滿實用價值，和數目最多的風車羣；那麼，小孩堤圍便是你不二之選(Kinderdijk，或譯：小孩堤防)。

那裏有十九座仍然運作的風車，它標榜著荷蘭人那種排除萬難的毅力，與及戰勝天然惡劣環境的智慧。經歷了數百年歷史的考驗，這風車羣被聯合國教科文組織(UNESCO) 選入了世界文化遺產之列。

安身立命

荷蘭人自中世紀以來便一直為生存而與天險搏鬥，他們的天險就是一大片位於河流旁和被海浪不斷衝擊的淤泥氹和沼澤地。他們沒有選擇往別處生活，也可能是他們在沒有得選擇下的選擇，因而立下決心，在此安身立命。在絕地中，荷蘭人研究出一套特別出色的水利工程。他們用攔海拓地的方法，在河旁或海邊，先築起一道圍壩，然後將處於旱地和圍壩間的水抽乾。如此，旱地的面積便能大大的增加，因而使之變成了可居及可用之所。這個方法說來容易，但要落實進行，卻絕對困難。如何將堤壩建得穩固，如何將水抽掉，那卻是大學問。與水拼搏，他們想出了利用風力去協助將水從一處遷移往另一處，風車因此而誕生。

前往小孩堤圍的方法有多種，如果選擇乘搭水上巴士，可在天鵝橋(Erasmusbrug)旁上船，沿新馬斯河(Nieuwe Maas)而行，這可享受沿岸的風景，甚有特色。在航行途中，會經過一艘與實物大小一樣的挪亞方舟，遠看甲板上有長頸鹿等的動物，但這方舟已停止被遊人參觀，但仍不失為一個甚為可觀的景點。

世界最大的鬱金香花園庫肯霍夫花園

小孩堤圍

這十九座風車位於距離鹿特丹市不遠的Molenwaard區，在十八世紀時建成。工程師用攔海拓地的方法，將水抽往隣近的蓄水池，騰出來的旱地便拿來作耕種之用；而蓄水池內的水是用作儲備，一旦遇上旱季，便可將水倒灌入田中，使地得滋潤，耕種及放牧皆能因此綿延不絕。荷蘭蓄牧業名聞於世，嬰孩奶粉雄霸香港市場，想來不是無因。

小孩堤圍名稱的由來，說來有段古。話說1421年的大水患將鄰近的圩田全部淹沒，但在此地卻難得地沒有受到大的破壞。有人在大水過後回來收拾，看看有沒有可再用的東西。但突然間，他發覺水中有異動，仔細一看，原來是有一個嬰兒搖籃在水中蕩漾。不但如此，在籃子上還有一隻貓在左右跳動；貓有九命，牠用盡方法使籃子在水中保持平衡。待籃子漂近，那人往裏面一看，詫異地看到一名嬰孩竟安詳的在睡覺，籃內一滴水也沒有。自此之後，當地居民便稱這地區為小孩堤圍了。

小孩堤圍的風車群

附近鮮艷的花田

人不踏風枉少年

悠閑的生活

阿姆詩特丹市區

在水中央

現今遊人來到此地還會看到，在水中央，有風車的倒影，蘆葦叢中，一個被卡著的古老搖籃依舊在水中蕩漾，嬰兒健在的哭聲，好像還隱約傳入耳中呢！

UNESCO認為荷蘭人卓越的水利工程，在這小孩堤圍的風車羣中，充分作出了出類拔萃的貢獻。這地區的人自中世紀到現今，在這裏都一直努力不懈地將水引渡作耕種和安置居所之用。在這地區，所有有關這方面水利的獨有特點都共治一爐。其中包括有：堤圍，蓄水池，抽水站，行政樓，與及一組仍然保存得極其完善的風車羣。

阿姆斯特丹庫肯霍夫花園

園內風光處處

陽光與鮮花令人充滿希望

思緒澎湃的鬱金香

來這裏參觀，很值得投入大半天的時間。在參觀區的入口處，有一間介紹這地歷史和水利工程的展覽館。遊人可以選擇從不同角度去欣賞這風景。

(一) 乘觀光艇沿河道慢駛，
(二) 跨腳踏車沿堤岸進發，
(三) 慢活步行沿岸細意遊。

我選擇了悠閒徐行，在途中可以近距離欣賞其中大部份的風車，並看到遊人逍遙的溶入大自然中，他們脫去腳上緊箍的鞋子，坐在堤岸青草上，遥望着雅緻屹立的風車，疾風適逢而至，風車葉上的帆布被吹得颼颼而響，為了遊人，車葉快樂地表演著垂直式的土耳其蘇菲旋轉舞。

三兩知己，在和暖的陽光下，樂也融融的享受著野餐，不需奢華，一罐啤酒，兩塊三文治，已是天下樂事。在風車作背景的襯托下，一輛單車緩緩駛近，另一少年踏著滑板，昂首呼嘯望遠岸而去，那岸上貼有釣魚郎的剪影。

好一幅倫勃朗風景油畫，這是真正的荷蘭呀！

五彩繽紛

人生雋語：
耶和華要保護你，免受一切的災害。祂要保護你的性命。你出你入，耶和華要保護你，從今時直到永遠。(詩篇121：7, 8)

最佳季節

最佳遊覽季節是四至九月，全年都會有雨，夏天不太熱。

旅遊小提示

- 若是愛花之人，四月到荷蘭，可順帶參觀花朵未被採集前的花田美景。
- 前往方法：從阿姆斯特丹乘火車至鹿特丹，在天鵝橋(Erasmusbrug)旁，轉乘水上巴士202號。

源兵衛川步行道

12

日本靜岡三島漫步水中央

春彩秋紅，夏綠冬皚，日本四季誘人之景色，實在數不勝數，若然要尋一個突破，一個不是經典的美景，靜岡縣的三島市著實是個好去處。

三島市是著名的水都，從富士山溶雪而來的地下淨水，經歷數十年的旅程，找到了三島市為出口，因而形成豐沛的湧水群。衆水澎湃，滙聚成源兵衛川，蓮沼川，櫻川等清流。這些淨川貫穿了整個三島市，使這個進入伊豆半島的門戶充滿著色彩。

從JR新幹線三島駅出發，只需步行五分鐘便可到達三島的著名景點源兵衛川。在繁囂的鬧市中拐個彎兒便可尋得這位文靜秀雅的「小女孩」，她體態輕盈，全長約一點五公里，嬌小的身段只陪伴著在她身旁附近的小戶人家。源兵衛川靜靜的藏在一片青蔥茂密的樹林中，溪面闊度平均只有約六米，水面築有一條步行道。

這條步行道一直伸延，與河並進。遊人可以在上享受水面漫步的樂趣。其實，有不少地方的湖面和海岸邊都有步行道的設置，但位於源兵衛川的步行道卻是與眾不同。在稍稍離岸的位置上，它緊貼著水面，伴著整條溪流，時而延續不斷，時而化作圓形石塊，讓遊人需要畧為跨步才可越過水流而繼續前行。

大步跨過隔水石，是踏入世途的重要課程

源兵衛橋

溪旁野生馬蹄蘭

水清見底

溪水流速不緩不疾，水質純淨，晶瑩剔透，水清見底，但溪內卻不時看到有魚蝦在暢游。在水面步行，別有一番滋味，看見有兒童在涉水玩耍，但這裏的小孩多不會破壞環境生態。溪中鴨媽媽領著一群小鴨子在戲水。迎面而來的一個個家庭，父母帶著孩童，教他們學習大步跨過隔水石，因為這是踏入世途重要的課程呀！岸邊樹蔭婆娑，情侶、三兩好友坐在溪邊小平台上，足沾涼水，淺嚐一口和菓子，此間樂，不思蜀矣。

快樂的鴨子家庭

保育成績

正在邊行邊欣賞之際，看到溪旁有一塊告示牌，上面介紹這條源兵衛川是記念十六世紀的寺尾源兵衛，他用這溪水作灌溉之用。但第二次大戰後，工業污染，河水變得混濁骯髒，地方政府一度考慮將之改為暗渠。幸得當地居民及公民團體合力將水質改善。卒之，河川復活，沿河一帶成為三島市的一片樂土。

步行道不一定是木板築成

沿著這條清純的溪水步行，途中有盛開的野生馬蹄蘭，也有小戶人家用心的在家園旁栽種了不同的花朵，襯托著兩岸鬱蔥的林蔭。在一個沼澤公園旁，豎著介紹牌，告知遊人在這裏可以觀賞到披上寶石藍外套、身穿橙色襯衣的翠鳥。我靜心的等待，看看有沒有運氣可以遇上這些美麗的捕魚能手。正在四處打雀咁眼的時候，小徑上行來一位老伯，他拿著掃把，一邊掃起小徑旁的樹葉，一邊用普通話向我們打招呼。原來他在很多年前曾到中國工作，所以能說普通話。他說這裏間中有翠鳥出沒，叫我們耐心等候，但我們行程緊迫，只得放棄這次一睹翠鳥的機會。

一塵不染

知己談心的好去處

梅花藻之鄉

能夠在水中央漫步已經是極為愜意之事，但突然間，眼前出現了一列不尋常的圖案，一大片綠油油的東西正在玻璃似的溪水中舞動。定睛再看，那是一縷一縷的水草，緊密而有規律的在水中晃躍。水草沿溪連綿不絕，分佈平均，絕不雜亂無章，每串長約一米多。我心中讚嘆不已，讚嘆這裏整個生態系統是配搭得如此的完美，全民努力的保育成績是有如此高的水平。單看面前的景象已經令人神往，如再去回想這溪流在戰後受污染的可怕情景時，實在不得不佩服三島市居民高尚的保育情操。

這些水草綠得反光，葉面像塗上了一層蛋白一樣。原來不覺間我已走進了三島梅花藻之鄉。每年六月至八月便能欣賞到朵朵白花盛開在這些梅花藻之上。可惜我到訪時間未能配合開花期，只好寄望將來再有機會。這些珍貴的水草不但能美化河川，而且更能淨化水質。

完善保育下的生態系統

溪旁遇着火車的驚鴻一瞥

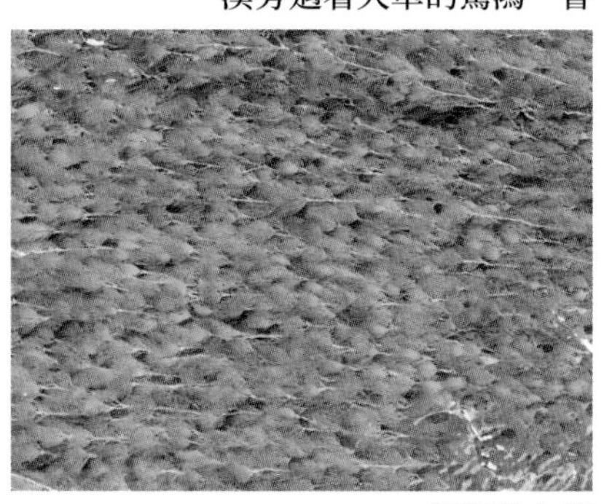

茂密的水草

親子樂園

藝術美感

此外，它對於選擇生長的環境還有很高的品味，水質一定要非常清純；這點，三島居民已經做到嚴格的監控。更甚者，還要有得天獨厚的富士山天然淨水，才能孕育出這批珍品來。

源兵衛川給人歡愉的感動是從何處來的呢？清溪流淌，配合貼心的步行道，質優水草伴著小户人家，正是窩心的工藝融合在大自然中而散發出來的藝術美感。

松韻食事處外觀

食堂內非常整潔

食堂內不乏優雅的插花

松韻內寧靜的日式花園

佐野美術館

人生雋語：
耶穌說：「我留下平安給你們，我將我的平安賜給你們；我所賜的，不像世人所賜的。你們心裏不要憂愁，也不要膽怯。」
(約翰福音14：27)

最佳季節

夏天是雨季，靜岡的氣候比東京略為溫和。

旅遊小提示

- 從東京乘JR新幹線至靜岡縣三島市，再步行五分鐘。
- 建議要預留充足時間完成步行整條源兵衛川，因為途中所經的每一個地方，都有它的特色。
- 沿溪流步行至中途有松韻食事處及佐野美術館。
- 每年六月至八月能欣賞到朵朵白花盛開在溪中梅花藻之上。

13

多姿多彩
畢爾包

畢爾包(Bilbao)在哪裏?值得從巴塞隆拿乘一個多小時飛機前來嗎?要回答這個問題,請參考以下點滴見聞,答案便不難找到。

火車站內的玻璃壁畫

河上「藝術品」

遠遠望去，河面上好像橫跨著一個巨大的足球龍門架，兩條高聳的門柱矗立在河的兩岸，纖長的門楣，被高高橫掛在河的上方。這樣怪異的藝術創作，世上罕見。心中疑惑起來，是不是有藝術家在看完世界杯後得著靈感，要將如此巨大的龍門架建在畢爾包的訥邊河 (River Nervion) 上展覽呢？

比斯開橋的「貢多拉」

照理，龍門架裏應該還要配上一個足球才算完美呀。慢慢走近，有了，但那並不是一個足球，而是一個扁平白色的東西，正貼著水面在移動。原來這個獨特的「藝術品」是世界文化遺產的比斯開橋 (Vizcaya Bridge)。此橋建於1893年，是世界上最古老的運渡橋。這是一種既經濟，又實用的渡河工具，船隻可經過橋底，但又不需在河面上築起一條臃腫及昂貴的橋面。只需用鋼纜吊著一個平台，便可將人和車輛運到對岸。我們每人僅付了四角歐元，便可乘搭這艘在河面上滑翔的「貢都拿」，並且可以經歷了一次奇特的水上飄旅程。

市政廳外燈柱躉

根據淺易相對論，美好的過程不會覺得長久，這次享受過河的樂趣，只得分半鐘。若然不夠，回程可享受多一倍的時間，所費也無

別緻的白橋

幾。UNESCO給這橋的評語是：集美學與功能於一身，並且這是唯一一項被列入工業遺產系列中的代表作。

畢爾包本是西班牙北部巴斯克區一個以鋼鐵業起家的工業城市，在上世紀後期，世界上不少其他重工業競爭對手在推出更加價廉物美的產品後，畢爾包便敗下陣來。在基本生存受著嚴重挑戰時，天生倔強的巴斯克人民便轉動靈活的腦筋，他們嘗試把畢爾包換上新生命的元素，看看奇蹟會否降臨在自己身上。事件簿就像香港人在上世紀一樣，看到世界需求的大氣候，而不斷的將自己提升和變身。塑膠花、紡織、電子和玩具等，一浪接一浪成功的例子比比皆是。巴斯克人看準時機，認為去工業化及轉型為服務性城市可行，便積極用藝術、美學將其文化、市容和基建等領域重新包裝。結果，畢爾包一躍成為西班牙的奇蹟，在向著城市化方向積極邁進下，一舉奪得都市規劃學院頒發的2018年都市規劃大獎 (Urbanism Awards 2018) 與及由新加坡頒發的李光耀世界城市大獎 (2010)。

古根漢美術館

畢加索式美術館

沒有人不認識的畢爾包古根漢美術館(Guggenheim Museum Bilbao)自從在1997年開幕以來，便將畢爾包從一個沒落城市的邊緣中拯救出來。遊客蜂擁慕名而來，從而令畢爾包在世界旅遊界的知名度像火箭升空的一發不可收拾。在整個城市重建的大藍圖中，畢爾包古根漢美術館就像定海神針般的令這城市重生過來。

阿斯庫納文化中心

建築師弗蘭克·蓋里(Frank Gehry)用鈦金屬鋪蓋著整座美術館，這獨特的建築物，外型既不對稱又失衡，也不似世上任何的一件東西，這恰似是把畢加索式的人面透視法將之建築化。

古根漢美術館外之藝術品

另類的文化中心

市內，靜坐著一座留有歲月遺痕的建築物，這就是阿斯庫納文化中心(Azkuna Zentroa)，這裏以前是一間紅酒倉庫及釀酒廠，但城市要變身，於是便搖身一變，成為一間令人驚訝的多功能文化中心。

內中每一條大堂支柱都披上形狀各異的裝飾，原來中心之前曾邀請不同國家的設計師前來一顯身手，他們在指定的柱子上設計出能表達其國家特色的圖案和飾物。中國柱被編放在大堂的正中位置，上有飛龍在天的圖騰，甚為搶眼。單是這43條的柱子已足夠代表文化中心的特色，加上在這變了身的酒庫內，還有電影院、健身中心、圖書館、演講室、商店和特色餐廳。

最令人耳目一新的就是，當你在大堂步行時會驟然發覺有人在你頭頂上游泳。原來頂層上建有一座以玻璃為底的游泳池，當你在舉頭觀看泳客的風姿時，他們也低頭欣賞著你仰首詫異的眼神。

文化中心大堂內的中國支柱

Pintxos 食店

高貴的餐廳正門

色香味俱全的 Pintxos

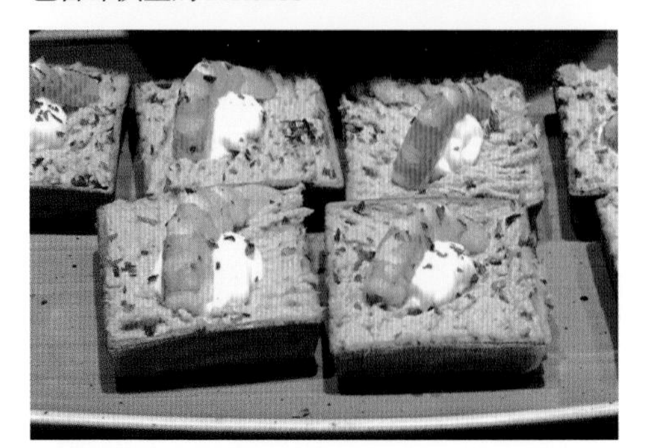

多變的Pintxos款式

Pintxos

無論是建築物或基建，畢爾包到處都洋溢著新舊藝術的美感。而味覺藝術方面，不得不提最具特色的Pintxos，這是一種用各樣不同的食材，擺放在一片脆口的小麵包上，然後用木簽將食材連成一串的美味小食。若將Pintxos與西班牙其他地區的Tapas比較，他們彼此形式大致相同，但品味高的食客在二選其一下，都會選擇Pintxos。原因在於Pintxos的製作不會流於粗支大葉，賣相精緻得多，在選材、配搭、烹調和視覺享受上，處處顯出細緻和講究的心思。

市中心的亮點是新廣場(Plaza Nueva)，在這列新古典主義建築物內，滿佈著不同裝潢的酒吧和餐廳，內中包括曾獲得Pintxos大獎的食店。遊罷多姿多彩的畢爾包，在新廣場內品嚐色香味俱佳的Pintxos，愛好深度旅遊的你定必會印象難忘。

西班牙火腿與Pintxos同是遊客的至愛

坐在廣場內欣賞往來人群是一種享受

人生雋語：
愛是恆久忍耐，又有恩慈；愛是不嫉妒，愛是不自誇，不張狂，不作害羞的事，不求自己的益處，不輕易發怒，不計算人的惡，不喜歡不義，只喜歡真理；凡事包容，凡事相信，凡事盼望，凡事忍耐；愛是永不止息。(哥林多前書13：4-8)

美食當前，人狗共享

最佳季節

畢爾包氣候較西班牙其他地區溫和，冬天雨量稍多。

旅遊小提示

- 乘坐輕鐵漫遊市內，可到達各個不同景點。
- 遊客和市民都喜歡手持一杯啤酒，在食肆中穿插，嚐盡每間餐廳的美味。

14

加勒比海
ABC羣島
逍遙代名詞

有一首兒歌是這樣開始的:「A,B,C,D,E,F,G.....」，如果從香港開始出發，接著繞到地球背後大約相對的那一點，就在一大片加勒比海南方邊際的位置上，那便是ABC群島的所在地。她們的名稱是Aruba(阿魯巴)，Bonaire(博納爾)和Curacao(古拉索)。

Aruba 島上 Fofoti Tree 是天然的太陽傘

逍遙的代名詞

加勒比海就是逍遙的代名詞，這裏充滿著陽光與海灘、珊瑚和西印度群島風情。坐郵輪遊加勒比海，相信是不少香港中產在擺脫「樓奴」枷鎖身份後，用來好好地獎勵自己的一項有品味之禮物。

加勒比海郵輪的航道，大致可分為東、西、南三條線。東線包括：巴哈馬、英屬處女群島、波多黎各等，西線經牙買加、大開曼、墨西哥等地，南線則前往距離美國最遙遠的一帶海島，例如：安提瓜島，聖露西亞，巴巴多斯和ABC群島等。上述各島嶼均有其特色，但ABC群島卻擁有令人嚮往的獨特吸引力。

首先，這三個島都一同散發著宗主國橙色荷蘭的情調，這和加勒比海其他法屬、英屬、和美屬的島嶼所蘊藏的風味，又截然不同。其次，正如眾所周知，加勒比海常有颶風出現，不少美麗的島嶼常被摧殘。但ABC群島最煞食之處，就是她們身處颶風移動途徑以外的南方，颶風很少造訪她們的家園。再者，喜歡享受海上漫遊的旅客，大多認為這三個小島距離郵輪的出發地美國最為遙遠，最能給他們經歷一個完整加勒比海之旅的感受。

Bonaire 觀光潛艇

鮮明衣物是島上居民的至愛

Aruba

阿魯巴島的面積在三個島中排第二。島上有數個美麗的海灘，市內公共交通很方便，遊客從郵輪碼頭步出，即能乘坐巴士往各公共海灘。車程不太遙遠，而最遠的大約一小時便可到達。老鷹灘(Eagle Beach) 是其中最值得去的海灘，灘上沙幼如粉，設施齊全。最特別是在沙灘上長有兩顆獨特的樹，好像是有人在此悉心栽種了兩盆「盆栽」。

這樹的樹皮蜷曲，盤纏繞著整顆樹，樹身向海傾斜生長，活像一把設計新穎，又user － friendly的沙灘傘，泳客在樹影下躲陰，好不自在。這種樹名叫Fofoti Tree，是紅樹林植物之一種。阿魯巴也是潛水/浮潛勝地，在不太遠的海床上，躺著兩艘第二次大戰的沉船，其上長滿珊瑚，潛水健兒潛到海中，在這兒作近距離欣賞另類珊瑚的生態，定必耳目一新。

設計獨到的渡假勝地Aruba

Aruba老鷹灘

Aruba海灘

Bonaire 歡迎你

Bonaire旅遊攤檔

Bonaire

博奈爾島的面積最小，島上曾經是非洲奴隸收容所，他們曾經住過的茅寮現在還有得參觀。可能是地理環境佔優之故，這裏的珊瑚長得非常茂密，種類繁多，很是美麗，當中有不同類別的魚羣穿梭。

遊客乘坐離郵輪碼頭不遠的水上的士，便可以很方便地到達各珊瑚勝地欣賞海底美景。博奈爾被喻為潛水天堂，也因此連續24年被著名潛水雜誌選為加勒比海近岸潛水第一勝地。

Bonaire 樹影海灘

Bonaire 近岸浮潛

Curacao

古拉索島是最大的島嶼，也是最多姿多彩和最多觀光點的地方。首都威廉市(Willemstad)充滿著荷蘭色彩，一排彩色、窄窄的十七世紀荷蘭殖民地時期的房屋，整齊的排列在河邊。從不遠的對岸望過去，驕陽灑在樓房正面，大大增強了房屋上色彩的飽和度，這組房子活像一排長長短短的粉彩筆，矗在筆盒中，等候著畫家的精挑。若要靠近對岸這列彩筆，便要步過愛瑪皇后橋(Queen Emma Bridge)。人稱「搖擺老婦人」的她，實質是一條浮橋，由16個浮標托著。

Bonaire 美麗的珊瑚

讓郵輪帶你到加勒比海終極的南端

加勒比海風情

Curacao首都威廉市

橋的兩頭平時緊連在兩岸上，但如果有船要穿越這橋所在的水道時，橋的一頭便會由橋底的浮標船帶動離開岸邊，而整條浮橋便好像汽車上的雨撥一樣，在河水上作水平橫抹，這時河面便會騰出空間讓船隻可以輕易地穿越。如此簡單的設計，既省錢，又實際。人生，其實是不需要弄得太複雜的 。

保留著典型荷蘭殖民地的特色，並伴以西印度群島風情，難怪威廉市被聯合國教科文組織(UNESCO)選入世界文化遺產之列。島上旅遊團帶遊客到一所名產店，店內只出售一種島上名產，那就是古拉索利口酒(Curacao Liqueur)。此酒用一種柑橘屬的果實浸泡而成，略帶甘苦味，酒廠通常在酒內加入各種不同的顏色，以增加其吸引力。但其中最廣為人知，及令人喜愛的顏色，就是藍色，所以此酒又名Curacao Blue。

Curacao 通風旅遊巴士

「搖擺老婦人」浮橋夜景別有一番風味

島上奇特地貌不少，滿佈貝殼化石的海蝕洞、驚濤拍岸的海邊，都令遊客咄咄稱奇。除了充滿動感的海岸，小島也不乏寧靜優美的海灘，其中一個叫海龜灘，旅遊團出發前保証團友一定能見到海龜。果然到埗後，沒有一個參加浮潛的團友失望而回，每個人都有大大小小的海龜在旁伴著浮潛，大家樂得忘形。

加勒比海，是一個不可抗拒的旅遊目的地；而能夠遊畢ABC三個島，是大多數加勒比海郵輪賓客的終極夢想。

彩色的Curacao

Curacao 名產店外

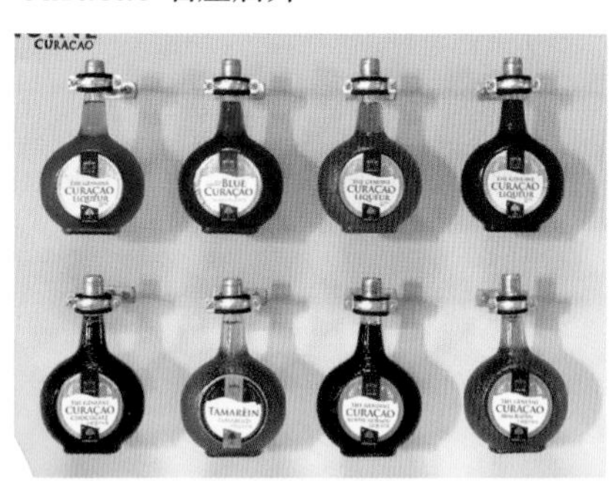

Curacao Blue大家庭

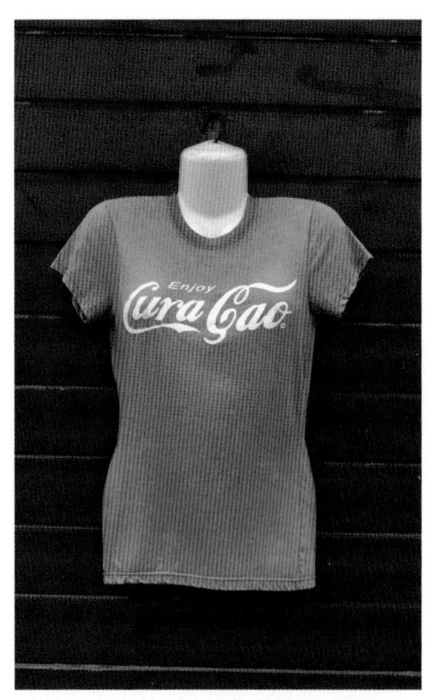

看過紀念品後，便不會忘記Curacao了

殖民地時期房屋

Curacao 荷蘭式建築物

高手在民間

人生雋語：
神愛世人，甚至將祂的獨生子賜給他們，叫一切信祂的，不至滅亡，反得永生。(約翰福音3：16)

最佳季節

熱帶氣候，全年平均溫度是28°C，第四季雨量稍多 。

旅遊小提示

- 可乘坐郵輪從美國邁亞密出發或從波多黎各出發，選擇往ABC島的航線 。
- 在Curacao島乘坐觀光車，最好能選擇兩邊無窗的旅遊車，因為視野廣闊及天然涼風令人神怡 。

15

德國高琴古堡「武士宴」

歐洲萊茵河的美麗誰人不曉得，在她流經德國西南部中游地帶，有一條支流摩澤爾河，從西南流向東北與其會合。而這支流兩岸美麗的古堡與萊茵河的古堡相比，其可觀性實有過之而無不及。當中最負盛名的就是座落於高琴城山上的高琴古堡(Cochem Castle Reichsburg)。它擁著莊嚴的氣勢，在摩澤爾河畔百多米的山丘上，傲視著河上川流不息的遊輪。乘坐遊輪的乘客到達這古城，眼睛都會盯著這顆像鑲在皇冠上的寶石，艷羨的目光引發著非要到此堡一遊不可的慾望。

堡壘石像靜悄悄地守護著在摩澤爾河上的城堡

建築在山上的古堡

遊覽德國，古堡之旅實為一個不可或缺之節目。因為在古堡內，可以身歷其境地感受到歷史裏日耳曼尼亞王孫公子及帝王的生活。

高琴古堡建於公元十一世紀,現時不但供遊人參觀，更備有一席富有特色的中世紀武士宴。為要遷就其舉行日期，我不惜將行程一改再改，以求能夠參與其會，令行程添上難忘的色彩。從酒店老闆娘口中探得從古堡上俯瞰摩澤爾河是個無敵景觀，我們便趕著在一個陽光耀眼的下午到達古堡，在城牆旁往下望，整個高琴古鎮都盡收眼簾。此鎮位於河上一個大彎的兩岸，是整條河流的心臟地帶。

鎮上小屋整潔精巧的排列著，屋頂上蓋著德國別緻的鱗狀瓦片。沒有萊茵河上駁船造成的視覺污染，摩澤爾河只有盪著發出悠閒訊息的河上遊輪。城牆垣上紅色的小花，正好提供攝影人一個千尋千覓的前景，將一幅醉人的摩澤爾河古鎮佳作，襯托得天衣無縫。

歷盡時間洗禮的古建築依然風采非凡

十一世紀建成的古堡歷史雖悠久，但可遊性仍然非常高。

中世紀古堡內部

轉眼時間不早，是時候進堡參觀了。Guided tour 歷時約四十分鐘，帶領人很友善，他用德語講解，但有英文單張提供給遊人，所以我們對講解沒感到太大的不便。古堡廣濶深邃，我們被帶往一間又一間的房間和大廳，裏面陳設著不少帶文藝復興和巴洛克風格的傢俱、壁畫和飾物，古色古香。其中一間房內放著的盔甲，形如真人。

深夜到此一遊，加上風中的鐵甲聲，你會聽到中古武士和你細訴心聲呢！

樓梯扶手設計古意盎然

極富品味的餐桌裝飾品

昔日豪華房間

堡內雕像擺設

從古堡俯瞰摩澤爾河

古堡進口大門

時光倒流中世紀

黃昏六時，古堡宴會廳大門打開，只見長長的廊廳上蓋著拱型屋頂。世紀古舊的石塊拱衛著四周，牆上插著火把，襯托著武士的立獅盾牌，中古氣氛籠罩著整個晚宴場所。我們被帶往一列長桌的位子，其他遊客魚貫進場，轉瞬間已坐滿了整個大廳。

宴會隨之開始，首先由穿著隆重禮服的堡主歡迎所有賓客。致詞完畢，堡主便道出一些用膳時之餐桌禮儀，例如：不許抓頭、當他說話時，賓客不許談話、用膳時要喜樂地享受食物等等。這些餐桌禮儀都很合理，唯獨是第一項，聽來或許帶有點搞笑成份。然而再想之下，可能在中世紀時，人們的清潔水平不高，不排除頭蝨之患是一個很普遍的現象。

他隨之請數位來賓客串他的「夫人」和武士，與他同在主家席共享晚膳，這些臨記都給予中世紀服裝穿著。喧鬧、雄亮的中古音樂隨之奏出，兩位弄臣打扮的樂師，載歌載舞的帶著古絃琴，邊唱邊作弄在座的賓客，引得滿堂大笑。歌唱雖然喧鬧，畢竟，人的心靈是需要歡樂甘油的滋潤。喜樂的心，乃是良藥，聖經之言，甚有道理。

當弄臣正使出渾身解數與大家同樂時，上菜便正式開始了。穿著中世紀服裝的僕人恭敬的走出來，肩上挑著兩木桶的水，逐一的讓賓客在桶內洗手。但出奇地，抹手布卻不是遞來給賓客，而是邀請賓客在他們身上掛著的圍巾上抹手。賓客都不虞有此一幕，紛紛爭著一試這有趣的玩意。

弄臣樂師載歌載舞，與眾同樂

城堡主人邀請賓客共舞

English high tea之先驅

武士大餐夠份量

中世紀武士是吃甚麼的呢？僕人首先奉上摩澤爾著名的雷司令(Reisling)白酒一杯，頭菜是紅蘿蔔條蘸芝士醬。接著是清肉湯，伴黑麥麪包配豬油。對，是豬油，不是牛油，請把健康拋諸腦後吧，這是絕配啊！每道菜都讓賓客慢慢的品嚐，我們因此有空閒認識鄰坐的四位中年女士。原來她們是挪威人，都擁有博士學位，且是大學裏的德文教授。我兒子因曾在大學修讀德文，彼此有共同話題，所以與她們談得特別投契。

宴會的規矩

席間，堡主與他的「夫人」翩翩起舞，又與賓客說笑話，以我和太太的德文，我們當然是「陪笑一族」啦。為要讓賓客們見識一下中世紀武士宴的規矩，堡主請一位男仕出來捱義氣，「屈」說他在進食時有不愉快的表情，所以罰他被一張臭牛皮包著抬出飯堂。接著，堡主又請另一位出來，宣告因他暴飲暴食，並在進食時與婦女胡混，所以罰他被一個用鐵鍊連於牆上的鐵環鎖在頸上。最後，女士們的惡夢來了，他拿出一個鐵面罩，說如果那一位女士說話過多，便會拿這面罩套在她的臉上。女權主義者可要抗議了，但別忘記，上一項懲罰已頒給了男士啊！

中古盛宴

English High Tea

僕人和女僕肩上的橫木就是他們用來傳菜的工具，橫木下每邊掛著一組長繩子，繩子上綁著三層藤籃，每層裏面都放有一份的食物。看起來，這不就是現今高尚餐廳裏English High Tea擺設糕點層架的先驅嗎？接下來，主菜現身了。僕人一出來，全場焦點都落在他所奉上的龐然巨物，這就是菜單上標榜有一公斤重的燒火鷄腿。這巨物的確壯觀，不但香氣四溢，更是要動用雙手十隻手指才能舞動它，來把它放在口中享用。桌上沒有刀叉，全場紳士淑女均要出動全「裸指」。不要投訴，這是中世紀餐桌禮儀啊！壓軸美點是連枝的摩澤爾葡萄拌本土芝士，既富特色又可令人親嘗昔日風情。娛賓節目陸續出場，堡主請出兩位壯漢鬥快喝啤酒。 跟著又邀他們比賽鋸木。號令一下，兩漢使盡渾身解數表演。但出人意表地，被一致看好的一方，竟輸給那體型較小的那一位，真是世事難料。

吃喝玩樂四小時

堡主深明與眾同樂之大義，兩位壯漢在比拼後，都一同被封為武士。他們光榮地跪在堡主前接受册封。堡主拔出佩劍，逐一按劍在他們的肩上和頭頂，讀出誓詞，並將標誌著崇高身份的武士帽和袍加在他們的身上。賓客們都大樂，大家開懷的跳舞。隆重、有意義及娛樂性豐富的中世纪武士晚宴到此為止，酒酣耳熱，每人並獲贈古堡陶器酒杯一只以作紀念。

看看腕錶，已是晚上十時，一頓晚宴足用了四個小時。步出古城堡，正值初夏，天際猶亮；古堡曳影，摩澤爾河上餘暉泛照。

賓客參加餐後鋸木比賽

堡主持劍冊封武士儀式

英俊的守衛

人生雋語：
喜樂的心，乃是良藥；憂傷的靈，使骨枯乾。（箴言17：22）

最佳季節

四季皆宜

旅遊小提示

- 宴會進行時，堡主會邀請遊客參與其中不少活動，鼓勵大家積極參與，如此便能盡興而歸。

16

歎為觀止
南極洲

從郵輪的甲板上往下一看，黑暗的海面忽然冒出團團氣泡，不知海底發生了什麼事情，而這些氣泡竟組合成一個大圓圈。說時遲，那時快，數尾座頭鯨從海底破水而出，他們在大圈內翻騰，甲板上的乘客都看得目瞪口呆！

在冰雪異域中穿插的郵輪

德雷克海峽

郵輪從阿根廷的布宜諾斯艾利斯出發，開始一程22晚的南極洲之旅。在福克蘭群島停留了一天之後，郵輪便要穿越波濤洶湧，令人聞之色變的德雷克海峽 (Drake Passage)。未出發前，朋友都不約而同地問：「南極的海面，聞說風浪會大得令你吃不消，你不怕嗎？」，但出乎意料之外，我們用兩天的時間，走過了風平浪靜的德雷克海峽。

在福克蘭群島邂逅一對國王企鵝夫婦

船上豐富的節目

在這兩日中，船上節目安排得令乘客忙得不可開交，從早到晚有五堂講座。講員計有：生物學家、地質學家、歷史學家和社會學家，講座題材涉獵南極各方面有趣的話題。不但如此，船公司還邀請得美國南極基地的數位專家來講解南極基地的情況，其中一位更是剛從太空站回來的太空人。有一位講員打趣說：「如此密集的講座，大家是否好像有回到校園的感受？」除了滿足乘客求知慾的講座外，船上還有豐富的美食、醉人的音樂、優雅的下午茶、歡愉的舞蹈之夜，和每晚都有拉斯維加斯式的舞臺表演，轉瞬間，郵輪便將乘客帶到遠在地球天腳底的冰雪天地 — 南極洲了。

座頭鯨群策群力用氣泡圍捕磷蝦

氣泡捕獵法

在千萬年冰山羣中掠過的遊人如滄海一粟

小郵輪因浮動冰山封鎖海峽，所以要改變航線

南極奇景

迅速回看郵輪旁水面，座頭鯨好像海底蛟龍一樣，在數個大氣泡包圍著的範圍內翻滾，霎時間，我被他們的怪異的舞蹈嚇了一跳，但隨即想起，在講座中那位生物學家曾經介紹過關於座頭鯨的獨特行為。牠們其實是合力用各自噴出的氣泡築起一個攔食區，將海中大群的磷蝦圍攏起來。然後，只要從水底一湧而上，便可張口大快朵頤了。這種獨特的捕食方法名為「氣泡網攔法」，在鯨類中是非常少有的，而我們這艘船的乘客真有眼福，可親眼看見這珍

貴而又罕有的鏡頭。在郵輪的四周不斷有鯨魚群出沒，我問船上的生物學家，我們在這次航程中看到鯨魚的次數達標嗎？她說今次實在太豐富了，是達到期望中的200巴仙啊!

航行在南極上，放眼四處都被巍峨高聳的冰山環繞著。冰山的形狀大小各有不同，他們都是從一大片冰層中分裂出來的冰塊，在氣象衛星監察下，每一片冰山都有編號。而冰山的形狀並不一概是山的樣子，可以是平的，也可以是各種形狀的。冰山體內大都散發著一種獨特的藍光，這透徹的藍光穿越抑壓了千萬年在冰塊內層的冰紋，瀰漫出來的純潔，在世上是很難找到可以將之形容得貼切的景物。

夕陽斜照

藏在郵輪窗框中的簡潔

福克蘭群島上的Gentoo 企鵝羣

一連數天乘坐郵輪巡遊南極洲，其行程最獨特之處，就是有一位冰雪領航員(Ice Pilot)在船上作指揮，他熟習南極的地理環境，天氣的變化與及冰山移動的情況，他的權力很大，連船長也要跟他指示而行。所以，雖然航程預先有編定，但冰雪領航員會根據實時情況，而選擇適當及安全的水域去調動行程。正因這原故，我們的行程充滿著不可預測性。原本一直希望可以穿越狹窄的冰封水道，但因冰塊阻隔，只能望門興嘆。反之，先前以為無緣欣賞的美麗冰灣，卻臨時可以深入探秘。這種變幻莫測的旅程，實在可媲美我多年前在新西蘭見識過的「不明目的地」本土飛行航班旅行呢！

屏息以待入冰灣

Gentoo企鵝是水底下游得最快的企鵝，時速可達36公里。牠們在陸上跑動也不慢，要趕在牠們前頭來拍攝，也絕非易事 。

企鵝是南極洲及其周邊地域居住的特有動物，他們種類繁多，有皇帝企鵝、國王企鵝、金圖企鵝等等。我們第一天穿梭在冰山群中時，親眼看見在距離郵輪約一公里外的一座冰山，頂峰上有一些黑點在移動，取望遠鏡一看，不禁發出驚訝之聲。原來那些小點，都是一隻隻活潑的企鵝在冰峰上走動，冰塊表面向海的傾斜度很大，但這對企鵝的活動完全不構成威脅。

50米高冰山上的企鵝羣

智利珍貴的黑頸天鵝

純美的南極洲

船上廣播器傳來立時的介紹，前面的冰山高約50米，那大概像一座有17層樓高度的大廈，四周冰壁直立，在望遠鏡的小鏡片內找不到冰上有任何可以借力攀爬的據點。然而，身高約一米、雙翅又不能飛翔的小胖子，是怎樣可以出現在17層樓高的大廈頂上呢？我和旁邊的日本乘客開玩笑說，是不是有人預先安排將他們安置在上面，以便我們這群來自地球另一個角落的稀客可以一開眼界呢？

智利皇帝蟹鮮味蟹肉沙律份量十足

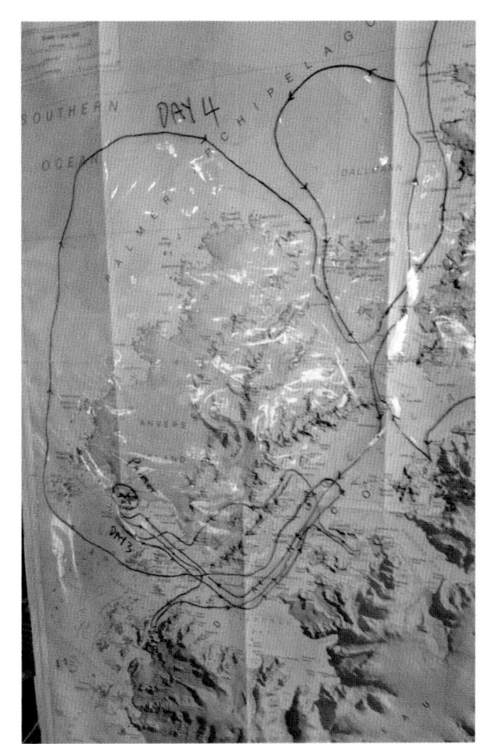

郵輪圖書館每天陳列出，由Ice Pilot提供詳盡郵輪所經過之航行海道

不一樣之旅

在一片空靈藍白的天地中，倏忽之間，歷盡了數天極為弔詭的體驗。南極洲的寂靜冰雪異域，純美得令人憐愛，又可令起伏多慮的心境平復，更能將充滿雜質的心靈淨化。然而，當身歷其境時，卻又會迸發出令人不能暢順呼吸的震撼。因為擋在前面的冰山，可以高聳得像珠穆朗瑪峰，也可以是平坦連綿一公里的橫亙桌面；冰山中有些洞穴，深邃得像埃及菲萊廟殿的大庭，而靜臥在旁的小冰塊，卻趣緻如綿羊錯披了刺蝟的禮服。

正因為這弔詭的奇趣，令這次行程成為我歷來不一樣之旅。郵輪在南極半島巡航四天，我終日興奮得在船上不停地走動，為的是要尋覓最佳位置，以求將船外四週千變萬化的景物拍攝得滿意，如此忙碌，甚至連午餐時間都幾乎忘記了。

離開南極洲，郵輪要再次穿越出名有狂風巨浪的德雷克海峽，但出奇平靜的海面再出現，加上過去數天陽光普照的天氣，令船上廣播器傳來船長的宣布：「在最近的三年航程中，這次我遇上了最美好的天氣，同時，這也是最令人滿意的南極洲之旅！」

來到阿根庭的Ushuaia，遊客都喜歡在這全球最南城市郵局的郵筒寄信

智利麥哲倫區域的旗幟，用以紀念探險家麥哲倫的壯舉

寂靜與飄逸

智利Scenic cruise

最佳季節

12月至1月是南極最宜人的氣候

旅遊小提示

- 留心聽船上廣播，因為船長和專家們會隨時宣佈，在哪個方位可以看到奇特的冰山和特別的動物。
- 不要貪睡，因為奇異獨特的景物會一大清早便出現 。

人生雋語：
耶和華所賜的福，
使人富足，並不加上憂慮。
(箴言10：22)

作者刊載在《信報》的文章標題	刊登日期
新七大自然奇景 — 伊瓜蘇大瀑布	2012年05月02日
兒時的願望 同聚里約今晚夜	2012年06月19日
高琴古堡 — 皇冠上的鑽石	2013年09月04日
世界最大亮燈聖景	2014年02月05日
Naka Daka 北極光	2015年02月13日
蘭薩羅特島 地球上的月球	2016年02月18日
德國柏林 憑弔巴比倫文明	2016年04月19日
馬德拉群島 全球最佳島嶼	2016年05月23日
歐洲文化之都 美食朝聖	2016年10月25日
社區典範 世外桃源	2017年05月03日
埃及古廟迷離夜	2017年10月09日
鹿特丹 小孩堤圍	2018年05月15日
三島 漫步水中央	2018年08月22日
多姿多采畢爾包	2018年10月09日
ABC 群島 逍遙代名詞	2019年01月08日

鳴謝 << 信報財經新聞 >>有限公司惠允轉載